UNA ELECCIÓN SIN PAR

Jenny Santana

SCHOLASTIC INC.

New York   Toronto   London   Auckland
Sydney   Mexico City   New Delhi   Hong Kong

*A los consejos estudiantiles en todo el mundo
y a mi mamá*

Originally published in English as *Winner Takes All*

Translated by Sandra Rubio

ISBN 978-0-545-23849-6

12 11 10 9 8 7 6 5 4 3 2 1   10 11 12 13 14 15/0

Printed in the U.S.A.   40

First Spanish printing, September 2010

Capítulo uno

—Se acabaron las excusas —dijo Celia Martínez a su mejor amiga, Mariela Cruz—. O vienes ahora mismo o no te cuento mi plan secreto.

Apagó su teléfono celular y sonrió, sabiendo que su dramatismo siempre funcionaba con Mari, quien nunca se perdería un secreto a tan solo dos semanas de haber empezado séptimo grado.

Mari, además de ser su mejor amiga, también era su vecina. Vivía a solo cinco casas de distancia. Era domingo, y las dos habían acabado sus tareas, así que Celia sabía que Mari no tenía excusa para no ir a su casa.

Unos minutos después de colgar, Celia oyó que llamaban a la puerta, y segundos más tarde, sintió los pasos de Mari en el pasillo.

—Más te vale que sea algo interesante —dijo entrando con cara de pocos amigos en la habitación de Celia—. El perro de tus vecinos está en el patio otra vez. Tuve que saltar la valla para evitar que me comiera viva.

—Mari, Puchi es un chiguagua —dijo Celia—. ¡No te podría comer aunque quisiera!

—No me importa, ese perro es un demonio. Sé que me tiene rabia —dijo Mari, echándose en la cama de Celia y escondiendo la cara en los cojines multicolores.

Su pelo lacio y negro caía sobre la cama como una cascada. A Celia le encantaba el pelo de Mari, y deseaba que el suyo fuera así. El de Celia era castaño y muy crespo, con rizos por toda la cabeza. Era difícil de manejar, sobre todo con la humedad de Miami, y siempre lucía un poco salvaje, como el de un científico loco. La única manera de controlarlo era con mucho gel fijador, pinzas inmensas y varios elásticos.

—Deberías ver *El encantador de perros* —dijo Celia—. Recuerda que *tú* eres la líder de la manada.

Las chicas se echaron a reír porque ese verano habían pasado horas viendo capítulos de *El encantador de perros* en la televisión y ninguna de las dos tenía perro.

Celia y Mari se habían conocido el año anterior, en sexto grado, cuando Celia se apuntó al club de teatro con la intención de mejorar su imagen. Esperaba formar parte del popular grupo de la escuela intermedia Coral Grove, pero cuando ganó el concurso de proyectos científicos (por accidente; una gran sorpresa porque ningún alumno de sexto ganaba jamás el primer premio) pasó a ser la sabelotodo de la escuela. Por eso pensó que su imagen estaba arruinada para siempre. Los maestros la adoraban y alumnos de todo tipo (los bromistas, los rebeldes, los populares, los aspirantes a la fama) la habían felicitado durante el almuerzo y en los pasillos. Por lo menos su cabello loco parecía encajar en algún sitio.

Celia había tratado de cambiar su imagen apuntándose al grupo de teatro, pero no había funcionado. De hecho, era bastante mala actriz, y su habilidad para darle a todo un aire de dramatismo no había funcionado en el escenario. Durante su primera audición había tenido que empezar dos veces porque olvidó el texto y tembló tanto que tuvo que esconder las manos en los bolsillos. El director del club le tuvo que pedir que parara a mitad de su monólogo, diciendo "¡Corten!", como en una película. Luego se frotó las sienes y le pidió que bajara del escenario y que no se molestara en hacer la prueba musical (todo un alivio para Celia, que sabía perfectamente que no sabía cantar, y menos una canción de *High School Musical 3* que ni siquiera se sabía bien). Se quedó para la votación de las películas y los musicales que se harían en la escuela y para ayudar con el diseño del escenario, pero no actuó en ninguna de las obras. Todo lo contrario de Mariela, que siempre era la protagonista. Pero Celia lo pasó bien ayudando a los actores a repasar sus diálogos y animando desde la taquilla a su nueva mejor amiga.

—Tienes que ayudarme —dijo Celia, y se sentó al lado de Mari—. No pensaba pedirte ayuda, pero no tengo más remedio.

Mari dejó de descascarar su esmalte de uñas color naranja y miró a Celia.

—¿Qué puede ser tan malo cuando solo llevamos dos semanas de clases? —preguntó—. Es casi igual que el año pasado.

—Ese es el problema —dijo Celia, levantándose de nuevo y comenzando a andar de un lado a otro sobre la alfombra morada—. Tenía la esperanza de poder cambiar esta imagen de sabelotodo antes de presentarme a las elecciones de representantes de séptimo, pero parece que nadie olvida nada.

—Celia, te preocupa demasiado lo que la gente pueda pensar de ti. —Mari se sentó y apretó contra su pecho uno de los cojines forrados de plumas—. ¡Además, tienes que presentarte! Serías una representante genial. Te llevarías estupendamente con la chica de octavo que eligieron la semana pasada.

—Sí, la verdad es que la campaña de Krystal fue genial. Hasta los alumnos de otros grados conocían sus propuestas. Y supongo que el hecho de ser la capitana del grupo de danza y alguien tan popular no le hizo ningún daño.

—Es cierto —dijo Mari—. Ni siquiera me acuerdo de los que hacían campaña contra ella. Pero por muy buena que fuera la campaña de octavo, apuesto que la tuya podría ser mejor.

Celia pensaba lo mismo. Había pasado el verano entero planificando su campaña, diseñando los carteles y pensando en estrategias para derrotar a sus posibles adversarios en el debate final. Tenía la cabeza llena de ideas para organizar bailes, viajes y otras actividades para séptimo grado. Quería implantar una semana llamada El Espíritu de Séptimo Grado, que acabaría con un picnic, y estaba segura de que obtendría autorización para hacerla si decía que eso mejoraría la asistencia a clase. Hasta imaginó cómo se lo propondría al director: "Señor, le puedo asegurar que los estudiantes responderán de manera muy positiva a El Espíritu de Séptimo Grado, y la asistencia en Coral Grove aumentará increíblemente".

Celia imaginó que dejaría de ser la sabelotodo y se convertiría en la representante de la escuela que todos conocían y a la que todos querían tener como amiga. Incluso había llegado a escribir en su cuaderno: "Celia Martínez, Representante de Séptimo Grado". Lo había puesto en la misma página escondida en la que había escrito el nombre del chico que le gustaba, Lázaro (Laz para los amigos), junto a su propio nombre, los dos rodeados de corazoncitos.

Con tantas ideas para convertir a su curso en el mejor de la historia de Coral Grove, Celia estaba perfectamente preparada para ser la representante de séptimo. Solo había un problema: Celia no se iba a presentar.

—Ya sabes lo que nuestra escuela opina de los grupitos, Mari. Solo tienes que fijarte en Yvette y su pequeña banda de dedicadas bailarinas.

Yvette y sus amigas eran la esencia misma de los grupitos de la escuela. Siempre iban juntas a todas partes, se sentaban juntas en la cafetería y formaban parte de los mismos clubes. Con solo decir "Yvette", uno se imaginaba no solo a una chica, sino a un equipo completo, todas con los mismos *jeans*, las mismas colas de caballo y el mismo color de lápiz labial. A veces, durante el almuerzo, cuando todas entraban juntas en la cafetería, Celia era incapaz de distinguirlas. No eran malas; solo eran muy específicas a la hora de decidir a quién saludaban en los pasillos, por miedo a manchar su imagen de grupo popular. Siempre saludaban a Mari pero solían ignorar a Celia, aunque estuviera a su lado. Como mucho la saludaban de camino a sus casilleros, pero equivocándose de nombre, murmurando, por ejemplo: "Hola, Claudia".

—Es verdad, lo de los grupitos es un horror —admitió Mari—. ¿Pero no crees que deberías intentarlo de todas formas? Es obvio que lo has estado pensando bastante tiempo.

—Sí, pero la ganadora del concurso de ciencias nunca ha ganado las elecciones a representante. ¡Es como la marca del fracaso! Elegir a una sabelotodo va contra la lógica de la escuela.

Celia dejó de andar de un lado a otro y se sentó en medio de la alfombra, cruzando las piernas y apoyando los codos en las rodillas. En el fondo quería que Mari estuviera de acuerdo, y las posibilidades aumentarían si conseguía que sintiera pena por ella.

—¿Quién sabe? —dijo Mari—. Siempre hay una primera vez para todo.

—Pareces mi mamá —dijo Celia—. En cualquier caso, todo juega en mi contra. No pienso presentarme.

Se quedaron calladas unos minutos. De pronto se oyó a la mamá de Celia diciéndole al hermano mayor de esta, Carlos, que la ayudara con la ropa. Era el día de la semana que le tocaba a él ayudar a lavar y doblar la ropa.

—Entonces, si no te vas a presentar, ¿de qué plan para las elecciones estabas hablando?

Era justo lo que Celia estaba esperando que

Mari preguntara. Enseguida se levantó y se puso en plan de oradora, que no era fácil: la postura correcta del cuerpo, la mirada fija y una vocalización adecuada. Había hecho lo mismo cuando le tocó presentar su proyecto de ciencias a los jueces del concurso. Era un instinto natural. Se le daba bien hablar en público cuando conocía a fondo el tema a tratar, cuando presentaba su propio trabajo. Lo que no era capaz de hacer era actuar. No era capaz de tomar ideas de otros y hacerlas suyas. No sin tartamudear.

—Ya estás de acuerdo conmigo en que nuestra escuela fue conquistada por los grupitos —dijo Celia—. Y estás de acuerdo en que algunos de esos grupitos juegan ciertos papeles, ¿no?

—Supongo —dijo Mari, que conocía de sobra las señales de que Celia estaba por hacer una presentación. Era una de las cosas que la ayudaba a ser una estudiante sobresaliente, pero siempre le había resultado extraño verla así fuera de clase.

—Vamos a analizar los hechos —continuó Celia—. Sabemos que los sabelotodos nunca ganan concursos de popularidad y que las elecciones de séptimo son un concurso de popularidad. ¿Te acuerdas del año pasado?

Cuando estaban en sexto, los ganadores de los tres grados (sexto, séptimo y octavo) habían sido los alumnos más populares de la escuela. Todos habían hecho campañas excelentes y les fue bastante bien en el debate final, pero el hecho de que ya eran de por sí populares había aumentado sus posibilidades de ganar.

—No creo que se trate solamente de popularidad —dijo Mari mientras se hacía unas trenzas—, pero sé a qué te refieres. No hemos tenido nunca a una sabelotodo como representante. Ahora que lo pienso, muchos de ellos han sido buenos actores.

—Exacto —dijo Celia, sonriendo.

—¡No, no, no! —gritó Mari, levantándose de la cama de un salto y yendo hacia la puerta de la habitación—. ¡Es una idea malísima!

Al parecer, a Mari no le gustaba mucho el plan de Celia de que fuera ella la que se presentara a las elecciones, siguiendo las ideas y las instrucciones de su amiga. Iba a ser más difícil de lo que Celia pensaba.

—Pero si tú ni siquiera vas a tener que hacer nada —dijo Celia—. Verás qué fácil es. Yo me encargaré de todo. Solo necesito tu cara para la campaña. Solo quiero que representes el papel. ¡Seguro que ganaremos!

—Celia, no es lo mismo que actuar —dijo Mari—. No es ético. Jamás nos saldríamos con la nuestra. Además, no quiero ser la representante de séptimo. Eres tú la que quiere serlo. Así que no seas cobarde y preséntate.

Celia dio un paso atrás y aguantó la respiración. ¿Tendría razón Mari? ¿Le daba miedo presentarse?

Se dijo a sí misma que no, que lo había estado planeando todo el verano. Jamás ganaría un concurso de popularidad, aunque fuera la más capacitada para el puesto. Aun así, la clase de séptimo se merecía a una buena representante, y sabía que ella tenía la inteligencia que el trabajo requería. Quería al menos la oportunidad de presentar sus ideas, aunque no fuera ella quien lo hiciera. Tenía que convencer a Mari de que el plan era su única oportunidad.

Celia puso el brazo en el hombro de Mari y la obligó a sentarse con ella en la alfombra morada. Mari tenía el pelo tan largo que Celia casi se sienta encima de su melena.

—Escucha —dijo Celia—, es un trabajo en equipo. Se trata de elegir a la persona idónea. Creo que con este plan tenemos muchas posibilidades de ganar. ¿Acaso no quieres que los bailes de séptimo sean los mejores? ¿Acaso quieres tener los viajes de curso más aburridos de la historia? ¿Quieres que cuente nuestra opinión sobre el almuerzo o el presupuesto del club de teatro? Eso es lo que está en juego.

—No sé —dijo Mari por fin, después de mirar directamente a los ojos marrones de Celia—. Si gano, ¿cómo voy a hacer para ser representante durante todo el año?

Celia no había pensado mucho en el tema, pero tenía la respuesta adecuada.

—Me voy a apuntar como miembro general de la asamblea de alumnos, y así podré ofrecerme como voluntaria para ayudar en lo que haga falta.

—¿Pero por qué no te...?

—No es que no pueda presentarme sola —dijo Celia—. Quiero decir que sí, a lo mejor me da un poco de miedo, pero la verdad es que entre las dos podemos conseguir la victoria. Es como una garantía de que yo, nosotras, vamos a ganar, y de que tendrán en cuenta mis ideas para hacer de este un año maravilloso. Estoy segura de que este tipo de cosas se hacen todo el tiempo en el mundo de la política. Todo se basa en la imagen, y la mía no es muy buena. La tuya, sí.

A Celia le daba un poco de pena admitirlo, pero tragó su orgullo y recordó lo que había estado pensando todo el verano. No se trata de mí, sino de lograr que este curso de séptimo sea el mejor de la historia. Intentó sonreír.

Mari hizo una mueca y alzó las cejas. Luego bajó la cabeza y empezó a arrancar fibras de la alfombra. Celia se mordió el labio y se apoyó en Mari, quien a su vez apoyó las manos en las rodillas de su mejor amiga.

—Míralo de esta manera —añadió Celia—. Tú serás la persona que todos ven, y yo la que todos oyen. Es como si tú fueras la protagaonista de una obra de teatro y yo el director. ¡Será tu mejor papel! Como estar un año ensayando para tu gran estreno en la graduación de octavo.

Mari dejó de arrancar fibras y se enderezó.

—Tiene cierta lógica si me lo pones así —dijo Mari—. La única razón por la que lo haría es porque eres mi amiga y quiero que seas feliz, y porque tus ideas son geniales y porque deberías ganar. Además, parece un verdadero reto para una actriz, y no sé si voy a conseguir un buen papel en la obra de este año. Sería una buena oportunidad para ensayar. —Se miró las uñas y empezó a descascarar el esmalte otra vez—. Lo haré, pero con una condición: No me puedes dejar sola en ningún momento. No quiero parecer estúpida por no saber la respuesta a una pregunta durante la campaña. Si digo que sí, tú vas conmigo.

—¡Pues claro! —gritó Celia. Abrazó efusivamente a su amiga y nueva compañera de campaña electoral—. Jamás te dejaré sola. Te lo prometo. Voy a estar a tu lado, como Puchi cuando invades su territorio.

—Ay, lo que me faltaba. Más problemas con Puchi.

Las dos se rieron, sin ser conscientes de que, en lo que concernía a problemas, Puchi era el más insignificante.

Capítulo dos

Celia debería haberse preparado mentalmente para lo que estaba a punto de hacer: no decirle exactamente la verdad a la Srta. Perdomo, su consejera favorita de la escuela, al momento de entregarle el formulario con el nombre de Mariela. Pero no tenía idea de que al abrir la puerta de la oficina tropezaría con Lázaro Crespi, el chico que le gustaba.

—¡Oye! —exclamó Laz cuando Celia pisó sus nuevos tenis Jordan.

La cabeza de Celia chocó con el hombro del chico, y solo vio la mancha roja borrosa de su camiseta del equipo Miami Heat.

—¡Ay! —dijo Celia al recuperar el equilibrio, frotándose la mejilla y tratando de pensar en qué decir.

Laz, por supuesto, fue el primero en hablar.

—Celia, ¿estás bien? —dijo, poniendo la mano en su hombro para ayudarla a mantener el equilibrio—. Deja que adivine: ¿estabas demasiado concentrada en la tabla periódica de los elementos y no mirabas por dónde ibas?

—Sí, porque la ciencia es lo único en lo que pienso, Lázaro.

Celia no sabía por qué, pero cada vez que lograba hablar con Laz se las arreglaba para enojarse. No podía evitar ser cruel con él, era lo único que impedía que se pusiera nerviosa y empezara a tartamudear. Al menos Laz se lo tomó bien. Siempre le hacían gracia sus comentarios, y le sonreía y le devolvía la broma. Aunque no había estado pensando en la tabla de los elementos, sí había usado hacía meses el método científico para resolver el problema: el hecho de que Laz bromeara con ella significaba que le gustaba, pero solo como amiga.

Celia se fijó en la cadena gruesa plateada que colgaba del cuello de Laz. Era la primera vez que la veía.

"Debe de ser nueva —pensó—. Qué linda".

—¿De qué bicicleta te robaste esa cadena? —dijo entonces, jugando con la cadena.

—Ja, ja, ja —dijo Laz con una risa fingida—. Para que lo sepas, es mi regalo de cumpleaños por adelantado. Mi papá me la envió desde Puerto Rico. ¿Te gusta?

—¿Cuándo es tu cumpleaños? —preguntó Celia.

—El mes que viene. El 19 de octubre.

—¿Y cómo es que tu papá no lo sabe?

—Ja, esa no me la esperaba —respondió Laz, sonriendo y chasqueando la lengua.

—Pues claro, amiguito —dijo ella.

¿Amiguito? ¿Por qué era tan estúpida? ¿Y por qué seguía reforzando la idea de que no era más que un amigo, en vez del amor de su vida? Le dio un golpe suave en el brazo. Otra estupidez.

Entonces hubo un silencio incómodo. Celia se devanó los sesos pensando en qué decir. Jugó con las asas de su mochila y recordó el formulario que llevaba en la carpeta, la razón por la que había ido a la oficina. Laz pestañeó y ella observó sus oscuras cejas, sin duda la parte favorita de su cara.

—Así que vas a cumplir trece, ¿no? —logró decir al fin. Era lo único amable que se le había ocurrido.

—Pues sí —dijo Laz, mirando hacia el pasillo por encima del hombro de Celia.

Ella pensó en qué decir. Podría decirle que era una pena que todavía pareciera un alumno de quinto, pero no era verdad y además era cruel. O preguntarle qué se siente al llegar a una edad que no puedes contar con los dedos de la mano, pero no, eso era antipático. ¿Qué tal preguntarle si iba a hacer una fiesta de cumpleaños? ¡Eso sí! Era algo informal, amable y una pregunta real. ¡A los chicos les encanta que les hagan preguntas! ¿No? ¿No había leído algo parecido en una de las revistas de moda de Mari? Y si daba una fiesta, a lo mejor la invitaba y...

—Tengo que volver a clase —dijo Laz.

Se le escapó la oportunidad. Una vez más, su cerebro de sabelotodo había perdido el tiempo analizando la cuestión, y Lázaro se había marchado.

—¡Nos vemos!

Él se volteó, alzó una ceja y le dijo adiós con la mano.

Celia se acercó a la oficina, tratando de quitarse a Laz de la cabeza. Al sentir el peso de la mochila en los hombros recordó su misión: Mariela y las elecciones. Se preparó para el bofetón de aire acondicionado que sentiría al entrar en la sala que albergaba el cerebro administrativo de la escuela y abrió la puerta.

—¡Vaya, vaya! ¡Si es mi chica preferida, la Srta. Martínez! Pase usted, por favor —dijo la Srta. Perdomo detrás de su enorme escritorio de metal.

Llevaba el pelo recogido y muy estirado, y unos lentes muy modernos con una montura verde oscuro que, aunque fea, le sentaba de maravilla.

La oficina de la Srta. Perdomo estaba en la parte trasera de la oficina principal. Su despacho era pequeño pero tenía mucha luz, y siempre olía a mango. En la mesa había una vela apagada (con aroma a mango), y en la estantería tenía una bolsa de popurrí (también con aroma a mango). Cuando la Srta. Perdomo visitaba un salón o pasaba por tu lado, dejaba una estela con olor a mango. Cada vez que Celia acompañaba a su mamá al super-mercado, las cajas llenas de mangos le recordaban a su consejera preferida.

La Srta. Perdomo era la empleada más activa de la escuela. El año anterior había estado a cargo del concurso de ciencias que Celia ganó y fue la consejera de la asamblea de alumnos y la coordinadora de las elecciones. También era la consejera más joven, y la mamá de Celia dijo una vez que esa era la razón por la que la Srta. Perdomo era tan activa: aún no estaba quemada.

—¿Vas a darme la alegría del día y decirme que te vas a presentar a las elecciones a representante del séptimo grado? —preguntó la Srta. Perdomo frotándose las manos y acomodándose en su silla.

Celia se descolgó la mochila y la dejó en la silla para las visitas.

—Pues... no exactamente —dijo, abriendo la mochila.

Cuando encontró el formulario, que guardaba intacto en la carpeta nueva que había titulado "Documentos de la campaña de Mariela", se lo dio a la Srta. Perdomo. La consejera siguió sonriendo, pero cuando vio el nombre de la persona que se presentaba, su sonrisa desapareció.

—¡Ajá, la Srta. Mariela Cruz! Excelente, excelente —dijo, y dejó el formulario sobre la mesa—. Todo parece estar en orden. Para Mariela, quiero decir. ¿Tienes un minuto, Celia? Me gustaría hablar contigo.

Era lo que Celia temía. La Srta. Perdomo había llegado a conocer a Celia bastante bien durante el concurso de ciencias. Conocía su tendencia a comportarse como si estuviera en una presentación y sus intentos fallidos por entrar al club de teatro. Conocía a su familia. El hermano de Celia, Carlos, había sido alumno de Coral Grove y la Srta. Perdomo siempre le preguntaba cómo le iba en la preparatoria Hialeah.

—Claro que sí —dijo Celia, sentándose en la silla y abrazando la mochila en su regazo.

—Quiero saber por qué no te presentas *tú* —dijo la Srta. Perdomo.

Era una de las cosas que a Celia le gustaban de su consejera. Era muy directa y le decía a todo el mundo lo que pensaba. No trataba de romper el hielo con comentarios que no llevaban a ninguna parte. A Celia le encantaba que los adultos la trataran como un adulto. Le recordaba lo que *El encantador de perros* les decía a los dueños que se quejaban de que su mascota era terrible: "No es culpa del perro, es culpa de ustedes".

Celia empezó a enumerar las excusas que había practicado mentalmente esa mañana de camino a la escuela.

—Para empezar, estoy a tope de trabajo con las otras actividades de la escuela. Segundo, Mariela es mi mejor amiga, y jamás se me ocurriría presentarme como adversaria. Tercero, no me gustaría que mis notas bajaran por ser representante. Cuarto, el mundo de la política siempre me ha parecido de lo más corrupto y...

—Está bien, está bien, ya me hago a la idea —dijo la Srta. Perdomo, levantando los brazos como si se rindiera—. Cuando te pones en plan de presentación no hay quien te pare.

La Srta. Perdomo se cruzó de brazos, apachurrando varias de las insignias que llevaba en la chaqueta. Se las cambiaba todos los días y siempre decían cosas interesantes como "Mujer" o "Doña Elegancia". Una de las de hoy decía "INSIGNIA" y otra debajo decía "IRONÍA". Había otra que tenía la cara de un perro muy viejo, y esa era una de las favoritas de Celia.

—Entonces, si tú me traes su formulario —dijo la Srta. Perdomo—, ¿será porque vas a ayudar a Mariela como coordinadora de su campaña?

La Srta. Perdomo dijo "coordinadora de su campaña" haciendo el gesto de las comillas con las manos. Si a Celia no le hubiera preocupado tanto lo que la Srta. Perdomo le había preguntado, se habría reído. Era un gesto que la Srta. Perdomo hacía continuamente, y uno de los pocos que delataban que era tanto maestra como administradora.

—Supongo que sí, pero no es lo que usted piensa...

La Srta. Perdomo se tapó las orejas y empezó a cantar.

—¡La, la, la! ¡No te oigo! ¡No oigo tus excusas para no presentarte a las elecciones! ¡La, la, la!

Celia dejó de hablar y sonrió. A veces le daba la sensación de que la Srta. Perdomo debería visitar a un consejero también, pero esa era una de las razones por la que le caía tan bien. La Srta. Perdomo bajó los brazos.

—Acepto este formulario con el que Mariela es oficialmente candidata a representante del séptimo grado en la asamblea de alumnos. ¿Estás contenta?

—Mucho —dijo Celia. Casi deja escapar un suspiro de alivio. Casi.

—Pues yo no —dijo la Srta. Perdomo.

"Ay, ay, aquí viene lo malo", pensó Celia. Se alegró de no haber suspirado. Ahora la Srta. Perdomo iba a decirle que sabía lo que se traía entre manos y le iba a prohibir que llevara su plan a cabo. Le daría una charla sobre la importancia de ser sincera y confiar en una misma. Le diría que una sabelotodo medio despeinada y con los dientes torcidos tenía posibilidades de ganar un concurso de popularidad. Era lo que se suponía que los consejeros debían decir, aunque, de eso Celia estaba segura, ninguno lo creyera.

Pero, para sorpresa de Celia, la Srta. Perdomo no parecía saber nada acerca de su plan. Dijo algo mucho peor.

—No estoy contenta porque, incluyendo a Mariela, solo tenemos a dos candidatos para representante de séptimo. Y no va a ser divertido, al menos para mí. Apenas conozco al otro alumno porque no soy su consejera.

La Srta. Perdomo se sentó en la mesa del escritorio y frunció el ceño.

—Ojalá pudiera ayudarla —dijo Celia sinceramente.

—A lo mejor puedes —respondió la Srta. Perdomo—. No sé mucho sobre este estudiante. ¿Tú lo conoces?

La Srta. Perdomo sacó el formulario del otro candidato y le dio la vuelta para que Celia pudiera leerlo. Celia se puso de pie para ver el nombre. Pronto sintió que las piernas se le doblaban y el corazón le daba un vuelco. Sintió que los ojos se le salían de las órbitas pero trató de mantener la compostura para que la Srta. Perdomo no se diera cuenta.

—Ya sé que hay un montón de alumnos en séptimo grado, pero ¿sabes algo de Lázaro "Laz" Crespi, el único adversario de Mariela hasta la fecha?

Capítulo tres

—Ay, no, por favor —susurró Celia a la mañana siguiente cuando la voz del director sonó por el altoparlante.

El director estaba terminado de hacer los anuncios del día que él denominaba "Las proclamas del director".

Celia estaba sentada en su salón, y la desastrosa noticia aún le zumbaba en los oídos. Según el director, solo había dos candidatos a representantes de séptimo: Mari y Laz.

—No puede ser verdad —farfulló Celia apoyando la cabeza en el pupitre.

—Por lo tanto —continuó el director—, espero que todos los alumnos de séptimo sigan el ejemplo de la campaña que octavo acaba de realizar y tomen en serio estas elecciones, basando sus votos en el contenido de la campaña. Estudiantes, no olviden que los alumnos de sexto los estarán observando y que deben sentar ejemplo, ya que en unas semanas ellos empezarán sus campañas. También asegúrense de hacer preguntas a los candidatos cuando visiten sus salones la semana que viene. Y, por supuesto, queridos alumnos, la campaña se cierra con el debate de representantes el próximo viernes. Espero que todos asistan y se comporten con el debido respeto. Y, estudiantes, aquellos de ustedes que no conozcan el significado de la palabra *respeto*, se trata de lo siguiente...

Ya era una pesadez tener que oír las proclamas del director los días normales (sobre todo porque empezaba cada oración recordando a quién iba dirigido el discurso), pero tener que oír sobre los detalles de la campaña y que duraría semana y media (una campaña entre su mejor amiga, o ella misma, y El Amor de su Vida) le creaba tal nudo en el estómago que Celia se preguntaba si tendría que salir corriendo al baño. Quizá se encontrara a Mariela allí, sintiéndose tan mal como ella. Aunque estaban juntas en la mayoría de las clases, no tendrían la oportunidad de hablar del tema hasta la hora del almuerzo. Celia pensó en levantar la mano para que la dejaran salir, pero el director seguía y seguía hablando sobre lo que estaba permitido y lo que estaba prohibido en cualquier tipo de evento escolar. Celia pensó que a lo mejor era una lista que al director le gustaba recitar, ya que la repetía al menos una vez a la semana.

—Y no se puede hablar con el vecino bajo ningún concepto, no se pueden levantar del asiento bajo ningún concepto, no se pueden arrojar objetos bajo ningún concepto...

Una vez, mientras su mamá la llevaba a casa desde la escuela, Celia le preguntó por qué el director se enfocaba tanto en la disciplina y el orden, esperando que su mamá le contara alguna historia loca. ¡A lo mejor había sido director de una cárcel! ¡O lo habían echado del ejército y ahora se vengaba con los alumnos de Coral Grove! ¡A lo mejor habían encerrado a sus propios hijos en el correccional de menores! Pero su mamá ni siquiera levantó las manos del volante cuando dijo: "Yo también sería igual de estricta si tuviera a mil quinientos estudiantes de la escuela intermedia a mi cargo".

El director por fin acabó de anunciar sus proclamas, y por unos segundos se sintió un incómodo silencio en el salón. Pero el murmullo colectivo de los alumnos se escuchó enseguida. Celia nunca le había dicho a Mari que le gustaba Laz. No se lo había contado ni a su mejor amiga porque sabía que era imposible que un chico tan popular como Laz se fijara en una auténtica sabelotodo como ella, y estaba decidida a olvidarse de él, por lo que no había razón para ponerse en ridículo delante de Mari. Ese era el tipo de razonamiento lógico que le había dado la victoria en el concurso de ciencias, y no pensaba cambiar de opinión.

Sin embargo, el hecho de que le gustara Laz no era su único problema. Como era uno de los chicos más divertidos y populares de séptimo, tenía muchos amigos. De hecho, Celia pensaba que todo el mundo, excepto la Srta. Perdomo, conocía a Laz. Encajaba en todos los grupitos, siempre conseguía algún papel en las obras de teatro, lo dejaban jugar en los partidos de baloncesto e incluso le dieron una mención de honor en el concurso de ciencias (no por el proyecto en sí, sino por su diseño artístico). Todos los chicos lo saludaban cuando se lo encontraban en los pasillos. Yvette y las demás chicas populares nunca se olvidaban de darle un abrazo de camino a sus casilleros. Y él era igual de amable con las chicas menos populares; por eso bromeaba con Celia y otras sabelotodo como ella. Nunca parecía hacerlo por obligación ni sonaba falso. Era tan... *simpático* con todo el mundo. Esa era en parte la razón por la que Celia se había enamorado de él, y la razón principal por la que iba a ser tan difícil presentarse contra él en las elecciones.

Celia pensaba (mejor dicho, sabía) que el hecho de que Laz fuera tan buena gente sería un obstáculo para ser un buen representante de séptimo grado. Lo conocía muy bien y sabía que era demasiado tranquilo y relajado para tomarse en serio la responsabilidad. También sabía que Laz era muy indeciso, y tenía que admitir que no era precisamente una lumbrera. Cuando ella leyó el informe que acompañaba su proyecto de ciencias, encontró varias faltas de ortografía. Además, el proyecto no era un experimento. Se titulaba "¡Moho!", y no era más que una colección de diferentes cosas con moho pegadas en la cartulina con un diseño artístico. Pero esa era la magia de Laz: podía hacer que el moho se viera bonito. Hasta a Celia le pareció que el premio especial que le otorgaron los jueces era merecido.

Celia veía a Laz como una amenaza no porque él pudiera ser un mejor representante, sino porque tenía mayores posibilidades de ganar las elecciones. Sentada en su salón, Celia pensaba que la decisión de elegir a Mari como candidata había sido la correcta. Era consciente de que ella, Celia, nunca podría derrotar a alguien como Laz, pero como Mari era tan popular como él, tenía muchas posibilidades de ganar. Lo difícil iba a ser convencer a Mari.

Celia y Mari se sentaron con las bandejas del almuerzo en su mesa de la clase de Inglés.

—¡No es justo! ¡Es uno de los chicos más populares de Coral Grove! —dijo Mari.

"Dímelo a mí", pensó Celia y se metió en la boca unos granos de maíz que había en su bandeja.

A su lado estaba el grupo de Yvette, al que se conocía como Las Seis. Todas las integrantes del grupo de Las Seis tenían clase de baile antes del almuerzo, y se habían sentado más hacia el final de la mesa de lo normal, por lo que Celia mantuvo la voz baja para que no se enteraran de lo que decía, aunque ni siquiera las habían mirado cuando ella y Mari se sentaron. Dos de ellas le sonrieron a Mari, pero eso fue todo.

—Y no es que quiera asustarte ni nada por el estilo —dijo Mari abriendo su batido de chocolate—, pero creo que no puedo presentarme, por una razón completamente ajena a este asunto.

—¿Cómo? —dijo Celia, mucho más alto de lo que hubiera querido y derramando su batido de chocolate.

Celia vio por el rabillo del ojo que Yvette y su grupito giraron la cabeza a la vez. Celia evitó mirarlas, resistiendo el impulso de disimular el grito con alguna broma o comentario insulso, y fingió que le entraba un ataque de tos. Una de las chicas empezó a reírse, y Celia tragó saliva para no atragantarse con los granos de maíz. Volvió a enderezar el batido de chocolate y tosió un poco más.

—¿Qué quieres decir? —le preguntó a Mari, esta vez en voz baja.

—Esta mañana en la clase de teatro la Sra. Wanza anunció los nombres de los alumnos que tendrán un papel en la obra.

Celia recordó que Mari había estado muy preocupada desde que la Sra. Wanza les pidió recitar un monólogo de *Grease* en la audición para la obra. Pero con todo el lío de la campaña, se le había olvidado por completo. Mari le dio un bocado a su pizza.

"¿Y desde cuándo va el maíz con la pizza?", pensó Celia de repente.

—Lo conseguí —continuó Mari, y sacó de la mochila un guión con muchas páginas que acarició con cariño—. ¡Me han dado el papel principal! Y es muy largo.

—Genial —dijo Celia. De verdad se alegraba por Mari, pero tenía que pensar rápidamente en cómo convencerla de lo contrario.

—Por eso no puedo ser tu candidata —dijo Mari mientras hojeaba las páginas del guión.

—¿Estás bromeando? —dijo Celia—. Esta noticia solo prueba que tengo razón. Ahora, más que nunca, tienes que presentarte. Vas a convertirte en la chica más famosa de la escuela. Cuando todo el mundo se entere de que eres la protagonista de

33

la obra votarán por ti. ¿Cómo puedes pensar en no presentarte?

Celia mordió su pizza y esperó la reacción de Mari. Estaba impresionada consigo misma porque había encontrado un argumento casi inmediatamente. Tragó salsa de tomate y queso, y vio que Mari hacía lo mismo.

—Pero Celia, ¿cómo voy a tener tiempo para memorizar mi guión, ir a los ensayos y presentarme a las elecciones? Tengo que aprender de memoria lo que voy a decir en la campaña, ¿no? Es como hacer dos obras a la vez. ¡Mi cerebro no da para tanto!

—¿Qué fue lo primero que te dije cuando te pedí que te presentaras? —preguntó Celia—. Te dije que yo haría todo el trabajo, ¿verdad? Así que deja de preocuparte. Vas a ganarle a Laz, y yo conseguiré que resulte de lo más fácil. Además, tienes mucho talento y sé que este reto de tener que aprender dos guiones a la vez es perfecto para ti. ¡Será como estar haciendo DOS obras de Broadway al mismo tiempo!

—El doble de fama y fortuna —dijo Mari y comió un poco más de maíz—. Pero no te olvides de tu promesa de...

—Nunca te dejaría sola —dijo Celia—. Te lo prometo.

Mari sonrió. Tenía un poco de comida entre los dientes. Celia se lo señaló y Mari entendió perfectamente a qué se refería, así que se pasó la lengua por los dientes.

—Además —continuó Celia—, no puedes retirarte de la campaña porque eso le daría la victoria a Laz. Yo diría que eso no es muy democrático, ¿verdad?

—¿Por qué eres tan rara? —dijo Mari riéndose. El trozo de comida había desaparecido de sus dientes—. ¿Y por qué estás haciendo eso con el pelo?

—¿Haciendo qué? —respondió Celia. Entonces se dio cuenta de que estaba retorciendo uno de sus rizos con el dedo y se preguntó cuánto llevaba haciéndolo.

—Has estado haciendo eso desde que mencionaste a Laz —dijo Mari, como si le hubiera leído el pensamiento.

—¿Qué? Qué raro —dijo Celia bajando la mano rápidamente—. No sé por qué lo hago. Es muy extraño. Pero bueno, no importa. Oye, ¿desde cuándo se come maíz con pizza? ¿No te parece raro?

—Ya sé. Te gusta, ¿verdad? —dijo Mari.

—¿Qui...qui... quién? —dijo Celia—. ¡Ah! ¿Laz? Qué va. No es mi tipo. Siempre anda bromeando. Y tiene un pelo ridículo.

—¡Qué dices! Apenas tiene pelo. Lo lleva casi afeitado.

—Sí, pero en sexto lo tenía más largo y le quedaba mejor. Ahora le queda fatal. —Celia no pensaba eso exactamente, pero tenía que evitar que se descubriera la verdad—. Además, es un bobo. Bueno, no quiero decir que sea estúpido, pero no es para mí. Y no tiene nada interesante que decir sobre nada en absoluto. La gente piensa que es simpático, pero la verdad es que no es interesante. No tiene ideas propias. ¿Cómo me puede gustar alguien que no tiene ideas propias?

—Supongo que tienes razón —dijo Mari—. No es que esté totalmente de acuerdo contigo, pero veo por qué no te gusta. No es tu tipo. Tu tipo es totalmente diferente.

Celia se cruzó de brazos. Parecía que Mari no leía el pensamiento después de todo.

—No te enojes —dijo Mari—. Quise decir que no sería un buen representante y por eso tú, digo... yo, bueno, que supongo que debo presentarme a las elecciones. —Miró a Celia, que descruzó los brazos, aliviada, y luego continuó—: Y como coordinadora oficial debes saber que Laz y su compinche, Raúl, llevan un buen rato mirándonos desde su mesa.

Celia iba a darse la vuelta, pero Mari la agarró del brazo.

—¡No, no mires! Creo que Laz viene hacia acá.

—¿Qué hacemos? —preguntó Celia, notando que sus manos volvían a sudar.

—Vaya coordinadora que estás hecha —dijo Mari levantando una ceja—. Voy a mi casillero a dejar este mamotreto antes de que empiece la clase. —Agarró el guión y lo metió en la mochila—. Dile que le mando un saludo, si quieres, y buena suerte.

Mari se colgó la mochila del hombro, recogió la bandeja y fue a tirar la basura.

Unos segundos después, se oyó la voz de Laz.

—¡Celia! Eres justo la persona que quería ver.

Ella se dio cuenta de que había dicho "persona" en vez de "chica", otra prueba científica de

37

que solo la veía como a una amiga. Sintió un gran alivio de no haberle contado su secreto a Mari.

—¿Es que no me viste lo suficiente ayer? —respondió—. ¿Eres un masoquista o qué?

Otro silencio incómodo. Laz parpadeó rápidamente.

—Ja, muy bueno.

—Un masoquista es alguien a quien le gusta pasarlo mal —dijo.

—Sé lo que significa —dijo él, y miró el trozo de pizza a medio comer que estaba en la bandeja de Celia—. Por ejemplo, las personas que comen la comida de la cafetería son unos masoquistas. Bueno, el caso es que te vi hablando con El Demonio hace un momento.

—Yo no, pero ahora sí estoy hablando con él —contestó Celia.

—¡Ja! ¿Así que *yo* soy el enemigo? —dijo Laz—. Escucha, este enemigo tiene que hablar contigo de una cosa. —Puso la mano en el brazo de ella y la dejó allí un momento—. ¿Podemos vernos después de clase? ¿Quieres que te acompañe a tu casa?

Ella trató con todas sus fuerzas de no gritar. Laz quería *hablar*. Con *ella*. Fuera de la escuela. Le había tocado el brazo *sin ninguna razón* aparente. ¡Quería *acompañarla a su casa!* Todo esto sugería una hipótesis diferente a la que anteriormente tenía: a lo mejor sí la consideraba una *chica.* Era todo un milagro.

—Eh… sí, claro. Sería genial. —Hizo una mueca. ¿Genial?—. Quiero decir, ¿por qué no? Claro.

—Ya entiendo, Celia —dijo él, y se echó hacia atrás frunciendo el ceño—. Oye, espero que no sigas pensando que soy el enemigo.

—Claro que no, Laz. Eres… eres el mejor.

Celia no podía creer lo que acababa de decir. Y aun más increíble era el hecho de que se estaba poniendo colorada. Él se miró los tenis y empezó a farfullar algo sobre cómo no era tan genial. Pero ella lo interrumpió:

—Espera. No iré a casa a pie. Mi mamá me recogerá en la biblioteca pública. ¿Me acompañas?

Por fin había conseguido decir algo inteligente y casi coqueto. Y sin insultarlo.

—Perfecto. ¿Nos vemos en la entrada principal, bajo la palmera?

—¿Y a cuál de las docenas de palmeras que hay afuera te refieres? —dijo ella, y enseguida se dio cuenta de que su actitud de siempre había vuelto.

—Claro —dijo Laz riéndose—. A la derecha de la puerta principal.

—Muy bien. ¿Nos vemos luego?

Celia intentó comportarse de lo más normal y apoyó un codo en la mesa. Pero al hacerlo, aplastó los granos de maíz que quedaban en la bandeja. Levantó el codo y miró al desastre.

—Eres una chica muy graciosa —dijo Laz riéndose y alejándose.

No era una risa cruel. Celia pensó que era mejor reírse también y, pronto, se dio cuenta de que el grano de maíz que se le había quedado pegado en el codo *era* bastante chistoso. Laz llegó hasta donde estaba Raúl y los dos se marcharon.

La había llamado "chica". Le había dicho que era graciosa y se había reído de lo que había hecho, no de ella. Mari dijo que la había estado mirando durante todo el almuerzo. Lástima que ella se hubiera ruborizado, eso no era bueno. ¿Pero sería posible que su primera conclusión fuera errónea? ¿Sería posible que ella le gustara a alguien como Laz?

"Las pruebas son poco concluyentes", pensó, y se limpió el codo con una servilleta. Solo podría confirmar o refutar la nueva esperanza que tenía interactuando con él nuevamente. Y la oportunidad se presentaría en unas pocas horas.

Capítulo cuatro

Esa misma tarde, Celia esperó en la palmera indicada. No había mariposas revoloteando en el aire, pero sí las había en su estómago. Las hojas de las palmeras se movían con la brisa y parecía que la estuvieran saludando. Intentó relajarse y se apoyó en el tronco de la palmera, pero temió que este se doblara con su peso y se enderezó de nuevo. Dejó la mochila en el suelo y esperó.

Durante la clase de Matemáticas, que tenía con Mari, había conseguido quitarse a Laz de la cabeza. Mari le había pasado una nota que decía: "¿Ha pasado algo interesante?". Ella le pasó otra que decía: "¿Con Laz? Qué más quisieras tú". Con eso se le pasaron los nervios, pero ahora, esperando sola junto a una palmera, sentía que su cuerpo volvía a estremecerse.

Se concentró en respirar hondo por la nariz porque había leído en algún sitio que esto tenía un efecto tranquilizante en los humanos. Respiró despacio y profundamente, pero no parecía ayudar mucho.

Por la puerta principal salieron varios alumnos, algunos corriendo hacia la cola de autobuses que esperaban para llevarlos a casa. Unos cuantos la saludaron y luego la miraron confundidos, quizá preguntándose por qué no salía corriendo del edificio que los aprisionaba durante todo el día. En la calle sonaban las bocinas de los autos, mientras los padres agitaban los brazos llamando a sus hijos para evitar el atasco que se formaba al salir del estacionamiento. Esa era precisamente la razón por la que su mamá la recogía en la puerta de la biblioteca: así podía quedarse un poco más en la oficina y evitar la locura de la salida de la escuela, y Celia tenía media hora para relajarse en su lugar favorito del vecindario: entre las paredes elegantes y silenciosas de la biblioteca. La biblioteca parecía tener un efecto más calmante que respirar hondo por la nariz, así que trató de concentrarse en el mostrador alto de la entrada, en el sonido de las páginas de los libros o en su mesa de la suerte, que estaba cerca de la entrada y en donde se le había ocurrido la idea para su proyecto de ciencias del año anterior.

—Veo que has encontrado mi árbol —dijo una voz detrás de ella. Era Laz, que procedió a empujar el tronco del árbol—. Es increíble, ¿verdad? Por eso sobrevive a los huracanes, porque es muy flexible.

A ella no se le había ocurrido pensar en eso, y se lo dijo. Él sonrió de oreja a oreja.

—Empecemos a caminar y veamos en qué más no has pensado.

Ella notó que le ardían las mejillas. Se ajustó la mochila al hombro y se dio la vuelta para empezar a caminar y conseguir que él no viera que se había ruborizado.

Laz no se ofreció a cargar su mochila mientras caminaban, pero a ella no le importó.

"Estos no son los años 50", pensó.

Además, sería demasiado obvio de su parte. Si le gustaba, él tendría que mostrarlo de la manera más sutil posible. Mientras caminaban, ella escuchaba el sonido de sus pasos y miraba los destellos que despedían los tenis de Laz.

Se pararon al llegar al cruce principal. Celia se preguntó qué pensaría la gente cuando los viera juntos: "¿Ahí van Laz y la sabelotodo de Celia?". O, a lo mejor: "¿Cómo es posible?". Se preguntaba si cualquiera que los viera juntos podría pensar: "Mira a Laz y a Celia. Hacen buena pareja, ¿no crees?". ¿Era de verdad una locura tan grande o algo tan imposible? Las palabras de Mari resonaron en su cabeza: "Te preocupa demasiado lo que la gente pueda pensar de ti". Levantó la cabeza y empezó a caminar un poco más deprisa.

Pasaron una tienda donde todo el mundo compraba dulces y papas fritas antes de ir a la escuela y donde se reunían los chicos que faltaban a clase.

—¿Quieres algo de la tienda? —preguntó Laz—. Mi hermano dice que tienen la mejor máquina de helados de la ciudad.

—¿Es que tu hermano es el probador oficial de máquinas de helados o algo por el estilo? —dijo Celia bromeando.

—¿Sabes qué? Eres una de las chicas más listas de la escuela —dijo Laz sonriendo—. Y una de las más buena onda.

Ella lo miró fijamente antes de responder.

—Está bien, Laz. ¿Qué es lo que te traes entre manos?

—¿Lo ves? —dijo él—. Eres *muy* lista.

Celia sintió que sus esperanzas empezaban a desvanecerse. Él solo estaba bromeando. Ella no se había dado cuenta de que le había hecho un cumplido porque quería pedirle un favor. Veía a lo lejos el edificio de la biblioteca y, de repente, deseó que el paseo llegara a su fin.

—Para ser sincero —dijo Laz—, a Raúl y a mí nos ha sorprendido mucho que no te presentaras para las elecciones.

Celia aguantó la respiración y se concentró en el edificio de la biblioteca en vez de mirar a Laz. ¿Y si él pudiera de alguna manera meterse en su mente y averiguar su plan secreto? ¿Habría subestimado sus poderes de percepción psíquica?

—Pero como no te presentaste —continuó él—, pensé que a lo mejor podrías ayudarme. ¿Te gustaría ser mi coordinadora de campaña?

Ella volvió a respirar y se sintió aliviada de que Laz siguiera siendo Laz. Y entonces se dio cuenta de que él solo la veía como una amiga y se sintió como una tonta.

Pero si trabajaba en su campaña, podría estar cerca de él, y a lo mejor llegaban a conocerse mejor y, una vez que él viera las ideas fabulosas que tenía y lo divertida y lista que era, quizá la viera como algo más que una amiga. Se imaginaba a los dos en la sala de su casa haciendo carteles para la campaña, a él felicitándola por su buena letra, y a su mamá invitándolo a quedarse a cenar arroz con pollo. "¡Es mi plato preferido!", diría él. Y entonces su mamá se marcharía y él le guiñaría un ojo mientras le pasaba el marcador.

Habría sido la oportunidad perfecta para pasar de amiga a novia. Pero tenía que decirle que no, y además pensar en una buena excusa que sonara real y sincera.

—¿Celia? ¡Hola! Tierra llamando a Celia. ¿Qué te parece? ¿Quieres o no?

Su voz sonaba a años luz, pero de repente Celia volvió a la realidad de la acera y de la biblioteca en frente. Al darse cuenta de lo que tenía que decirle sintió que el mundo se derrumbaba. Miró a Laz, que parecía muy ansioso por escuchar su respuesta.

—Me vas a decir que no, ¿verdad?

—No puedo ayudarte, Laz. Lo siento mucho, de verdad.

—¿Por qué no?

Laz sonaba muy decepcionado. Celia pensó que si no hubiera pasado tanto tiempo convenciendo a Mari durante el almuerzo, ella misma habría pensado en dejar las elecciones. Pero ahora no podía dar marcha atrás, especialmente después de la promesa que le había hecho a Mari.

—No estarás ayudando a Mariela, ¿verdad? —dijo Laz frunciendo el ceño.

Celia sintió que la cabeza le iba a explotar. ¿Y si ahora sí había adivinado su plan secreto? Tenía que negarse sin darle muchas pistas sobre cuánto iba a ayudar a Mari. Tenía que distraerlo para que dejara de hacerle preguntas.

—Laz, me encantaría, de verdad que me encantaría ayudarte. Pero no puedo porque le prometí a Mari ayudarla un poco con *su* campaña.

—Vamos, anímate —dijo Laz, dándole un golpecito en el hombro—. Puedes dejar de ayudarla a ella y empezar a ayudarme a mí. ¿Crees que tengo posibilidades de ganar o no?

—La verdad es que sí. Creo que tienes muchas posibilidades —dijo, segura de que ese era parte del problema.

—Entonces, ¿qué pasa? ¿Por qué no puedes dejar la campaña de Mari para ayudarme a mí? ¡Tú y yo juntos podemos arrasar!

Ella trató de no pensar en las palabras *tú y yo juntos* para no perder el conocimiento. Lo que Laz decía tenía mucha lógica. Tenía que pensar inmediatamente en una excusa mejor.

—No puedo ayudarte porque... porque creo que le gustas a Mariela, y no quiero que se enfade conmigo por pensar que estoy actuando a sus espaldas. —No podía creer lo que acababa de decir, pero continuó—: Si empiezo a pasar mucho tiempo contigo, se va a poner celosa.

"Estoy loca. Estoy loca de atar".

—¿Que le gusto a Mariela? ¿En serio? —dijo Laz. Una gaviota sobrevoló y soltó un graznido que enseguida dio paso a todo un coro de gaviotas—. Ajá —dijo Laz, unos segundos después.

Esto se le estaba escapando de las manos. Y muy deprisa. Además, casi habían llegado a su destino. Celia se detuvo en la esquina, en frente de la biblioteca, se volteó y miró a Laz. Es decir, se puso en plan de presentación.

—Dije que *creo* que le gustas. *Creo*. No estoy segura. Ya sabes cómo son los actores. No se sabe nunca lo que piensan.

En la calle, una furgoneta con música a todo volumen se detuvo en el semáforo en rojo. El conductor, que parecía tener la edad mínima para tener licencia, los miró un segundo por la ventana y subió aun más el volumen de la radio. Luego, el motor de la furgoneta hizo un ruido ensordecedor. Celia quería entrar en la biblioteca para alejarse de Laz y de la furgoneta y dejarse envolver por el silencio tranquilizador del recinto. El semáforo se puso en verde y la furgoneta se alejó.

—Mari es bonita y todo eso, pero la verdad es que no la conozco —dijo Laz.

—Oye, en serio. ¿Es que no entiendes lo que te he dicho? Solo estoy especulando.

—Mira, yo solo digo que es bonita. Quiero decir que me he fijado en ella por los pasillos y en las obras de teatro y eso...

Celia no podía oír ni una palabra más. Se dio la vuelta y empezó a caminar hacia la biblioteca.

—Oye, ¿por qué te enojas? ¡Soy *yo* al que acaban de rechazar! —dijo Laz.

—Perdona por hablarte de Mari —dijo Celia volteándose—. Olvídalo, ¿de acuerdo?

Laz asintió. Se quedaron de pie escuchando el tráfico.

—Y perdona por no poder ayudarte con la campaña. Lo siento de veras.

—No te preocupes, lo entiendo. Mari es tu mejor amiga. —Sonrió débilmente y miró por encima del hombro hacia la escuela—. Bueno, me voy por mi bici y luego a casa. ¿Te quedas aquí a esperar a tu mamá?

—Sí. Llegará enseguida —dijo Celia.

—Está bien. —Laz retrocedió un par de pasos—. ¿Vas a hablar con Mari después?

—Probablemente —dijo Celia, sintiendo que el corazón le daba un vuelco.

—Salúdala de mi parte, por favor.

—Pues claro —dijo ella, pero estaba pensando: "Pues claro que no".

Laz se miró de nuevo los tenis y escarbó en el suelo con la punta.

—Y dile que le pido perdón —añadió.

—¿Por qué?

—Porque voy a arrasar en las elecciones. Va a ser un golpe duro para ella, lo de perder por tantos votos contra el chico que le gusta. Digo, contra el chico que *puede* que le guste.

—¡Te he dicho que te olvides del tema, por favor! —dijo Celia.

Laz soltó una carcajada, se dio la vuelta y se marchó a paso ligero, saludándola con la mano.

—¡Celia, eres superchistosa! —gritó mientras ella se encontraba frente a las puertas de cristal de la biblioteca. Luego silbó una canción que Celia no conocía y desapareció por la esquina.

Al abrirse las puertas, el silencio de la biblioteca le dio la bienvenida y el olor a libros antiguos la envolvió al instante. Su mesa de la suerte, en la que siempre hacía sus mejores trabajos, estaba libre.

"Conque Laz piensa que va a ganar —se dijo—. Bueno, eso ya lo veremos".

Se sentó a su mesa, sacó un bolígrafo de la mochila y un millón de ideas empezaron a bullir en su cabeza.

Capítulo cinco

—Tienes una letra preciosa, Celia —dijo Mari.

Celia no le había contado a Mari lo que había pasado esa tarde. No quería preocuparla con los planes de Laz, y menos aun quería explicarle cómo lo había rechazado, diciéndole que era a Mari a quien le gustaba.

Era jueves por la tarde, la campaña recién comenzaba y las dos chicas estaban en la sala de la casa de Celia haciendo los carteles. Trabajaban arduamente rodeadas de cartulinas, marcadores de colores y paquetes de papel.

Según los rumores que Celia había oído, Laz iba a usar la computadora de Raúl el fin de semana para hacer los carteles (Raúl estaba ayudando muchísimo a Laz desde que Celia le había dicho que no podía), así que Celia había planeado poner los carteles antes del fin de semana. Así tendrían un par de días de publicidad sin competencia. Además, los candidatos tenían prohibido cubrir los carteles de sus adversarios con los suyos, así que cuantos más carteles pusieran, más publicidad tendrían.

Mari estaba terminando de colorear la M con un marcador de color amarillo brillante (para que su nombre "resaltara", como le había indicado Celia).

—¡Qué bien queda! —dijo Mari poniéndose de pie para verlo mejor.

—Supongo que el amarillo brillante queda bien —dijo Celia. Miró a la cocina y suspiró—. Hubiera quedado mucho mejor con la brillantina dorada.

Celia había usado su calidad de favorita de los maestros de la escuela para lograr que el maestro de arte la dejara usar un frasco de brillantina dorada del almacén. Después de darle un discurso muy persuasivo acerca del papel del arte en el mundo de la política, añadiendo una pequeña digresión sobre el uso de la brillantina en la historia de la humanidad, Celia le prometió que no lo usaría todo y que solo lo necesitaba para dar el toque final. El maestro se lo dio al final del día diciendo: "Adiós y buena suerte en tu gesta, diosa de la brillantina".

Pero cuando la mamá de Celia llegó a recogerla a la biblioteca, vio que ella se las había arreglado para echarse toda la brillantina en la cara y las manos (y la mochila, los pantalones y el pelo).

—Ni se te ocurra pensar que vas a entrar así en casa y que me pasaré el resto de mi vida limpiando con la aspiradora los restos de brillantina. Ponte el cinturón de seguridad. —Celia empezó a soltarle un discurso a su madre, pero esta sacudió la mano y no la dejó seguir—. Ni te molestes. No me vas a convencer. Nada de brillantina y punto.

—No te preocupes, ya nos las arreglaremos —dijo Mari, encogiéndose de hombros—. Además, la brillantina se pega por todas partes.

Mari se miró las manos y luego se las enseñó a Celia. Tenía varios puntitos dorados a pesar de no haberse acercado siquiera al frasco.

—No puedo creer que Laz esté haciendo los carteles en la computadora —dijo Celia a la vez que notaba que había apretado demasiado el marcador y que estaba a punto de hacer un agujero en la cartulina.

—¿Y no te gustaría que usáramos una computadora si pudiéramos?

La familia de Mari tenía computadora, pero no tenía impresora. Su hermana mayor acababa de empezar la universidad y sus padres le habían dado la impresora, y ahora estaban ahorrando para comprar una nueva. Celia solía usar las computadoras de la biblioteca, pero no podía usar las impresoras, por muy bien que les cayera a las bibliotecarias. Ella y su hermano Carlos se habían unido para pedirle una computadora a Papá Noel, y como el negocio de arreglar tejados de su papá marchaba bien, esperaban recibirla. Cuando pensó en lo elegantes y profesionales que se verían los carteles de Laz en comparación con los suyos, Celia deseó que ya fuera diciembre.

—No nos hace falta la tecnología. La gente apreciará la mano de obra y el esfuerzo empleado en hacer estos carteles. Sabrán que cada uno de ellos está hecho a mano, que es mucho más trabajoso que apretar un botón e imprimir cien copias.

—¿Tenemos que hacer cien? —se quejó Mari. Miró la docena que habían hecho y puso cara de ponerse a llorar—. ¡Tengo que volver a casa pronto!

—¿Por qué? Creí que tu mamá te había dejado quedarte a cenar.

—Sí, pero tengo que llegar a estudiar mi guión. Se supone que tenemos que memorizarlo para el lunes, y no hay forma de que lo logre a este paso.

Mari empezó a buscar su mochila y miró debajo de una pancarta enorme que decía, "¡VOTA POR MARI!"

—Tienes todo el fin de semana —dijo Celia agarrando un marcador azul.

—Yo creía eso también, pero hoy, mi sustituta, Sami, dijo delante de la Sra. Wanza que ya se había aprendido todo el diálogo. *Mi* diálogo. —Se cruzó de brazos y sacudió la cabeza—. ¿Cómo pudo aprendérselo todo en dos o tres días? Te digo que Sami está intentando robarme el papel. Ha conseguido meterle en la cabeza a la Sra. Wanza que todo esto de la campaña va a perjudicar mi rendimiento en la obra.

—Sabes que eso no va a ocurrir. Deja de preocuparte. —Celia puso las manos en los hombros de Mari—. Además, tengo que contarte mi última gran idea para la campaña. Etiquetas.

—¿Etiquetas? ¿Cómo las de la ropa?

—Más o menos, pero me refiero más bien a las que pegas en carpetas o sobres.

—No sé muy bien a qué te refieres —dijo Mari.

—Compramos etiquetas en blanco, las decoramos y las convertimos en pegatinas —explicó Celia—. He visto un juego de pegatinas en una papelería, pero creo que nos saldrá más barato usar las etiquetas, y además podemos llevarlas en la carpeta para repartirlas por todas partes. Y cuando se las demos a la gente, podemos decir: "¡Votar por Mari te pega!"

—¿Así que ahora también tenemos que hacer pegatinas? ¿Además de los cien carteles?

—También estaba pensando —continuó Celia sin prestar atención a Mari— en las visitas a los salones la semana que viene, y creo que deberíamos hacer un gran cartel de presentación de la campaña en el que se vieran todas nuestras ideas. La gente suele escuchar con más atención si tiene delante la información. Y el cartel será mi excusa para acompañarte en las visitas.

—Madre mía —dijo Mari sacudiendo la cabeza.

—Y si no quieres hacer un cartel de presentación, podemos hacer panfletos o volantes... ¡Espera! Podemos hacer tarjetas para ahorrar cartulina y así te presentamos como la candidata ecológica. —Celia empezó a buscar algo para apuntar todas las ideas antes de que se le olvidaran, lanzando al aire montones de trozos de papel en busca de uno en blanco—. A lo mejor podemos montar una especie de representación como introducción para las visitas o hacer algún tipo de improvisación durante el almuerzo... —agregó.

—Esto es demasiado. ¿Podemos por favor planear algo más sencillo? —dijo Mari suspirando.

—¡Tranquilízate! Yo me encargo del diseño y de hacer la mayoría de las cosas por mi cuenta. Tú solo tienes que encargarte de saber qué decirle a todo el mundo.

—¡Pero si no tengo ni idea!

—No te preocupes, yo me encargo —dijo Celia, y agarró un papel en blanco—. Te voy a escribir un guión.

—Mira, ya está bien —dijo Mari levantándose. Se sacudió las manos y los pantalones—. ¿Dos guiones para aprender el mismo fin de semana? ¿Crees que soy Natalie Portman? Tú eres la que va para Harvard, no yo.

—Ese es tu problema, que planeas las cosas antes de tiempo. Tómatelo con calma. Y a propósito, ¿quién es Natalie Portman?

—¿Cómo que no sabes quién es Natalie Portman? La actriz que hizo el papel de la reina Amidala en La Guerra de las Galaxias. De verdad, eres imposible. ¡Es la saga más famosa del mundo! Y la Reina Amidala fue a Harvard porque además de ser una superactriz resultó ser superinteligente —dijo Mari, echándose el pelo por encima del hombro y con los brazos en la cintura.

—Harvard está supervalorada de todas formas —dijo Celia—. No pienso aplicar a esa universidad.

—Mira quién está planeando cosas antes de tiempo.

—Y no es un guión —replicó Celia—. Sólo te estoy escribiendo algunas notas de orientación.

—Notas de orientación. Está bien. Llámalo como quieras, pero de todas formas me tengo que ir.

Mari se colgó la mochila al hombro, se arregló el pelo y se cruzó de brazos. Sus ojos oscuros fueron de Celia a la puerta.

Celia sintió que el pánico empezaba a apoderarse de ella. Mari estaba empezando a dudar de su capacidad para llevar a cabo el plan, sobre todo en lo referente a los ensayos de la obra, y le aterraba que se fuera a repetir.

—No olvides que tenemos toda la semana para prepararnos —le recordó—. Además, estaré contigo en todas las visitas a los salones para responder a las preguntas que tú no quieras contestar.

Mari aún parecía preocupada. Se inclinó un poco hacia la puerta, con cara de querer escapar.

Celia se acordó de su conversación con Laz y de cómo se había librado del momento incómodo metiendo a Mari en el asunto.

—¡Se me olvidó contarte el último chisme sobre Laz! —dijo de pronto y señaló a Mari con el dedo lleno de tinta, esperando su reacción para ver si la convencía de quedarse.

Celia notó que la expresión de Mari cambió por un segundo. Quizá fue algo en sus ojos o en la comisura de la boca, pero desapareció rápidamente.

—¿Qué pasa con Laz?

—Nada en concreto —dijo Celia observando a su amiga detenidamente—. Es solo que tenemos que pensar en algo para dejarlo en ridículo.

—¿Y por qué tenemos que dejarlo en ridículo? —preguntó Mari frunciendo el ceño.

—Porque es tu competencia —dijo Celia—. Es el enemigo. Tenemos que ser duros con él y su campaña. Sin jugar sucio, por supuesto.

Mari cambió de postura y dejó caer la mochila. Celia estaba a punto de soltar un suspiro de alivio, pero Mari no la dejó.

—Es un buen chico. Y, ¿sabes qué? Me cae bien. Siempre pensé que es buena onda.

Ahora era Celia la que quería salir corriendo de la habitación. Apretó las notas en su mano hasta que temió que los nudillos blancos delataran lo que sentía por Laz. Pero al mirar a Mari a los ojos le preocupó otra cosa. ¿Y si la mentira que le había dicho a Laz se convirtiera en realidad? ¿Y si a Mari de verdad le gustaba? ¿Qué repercusiones tendría en la campaña y en su amistad? Celia se imaginó a Mari y a Laz caminando agarrados de la mano; a Mari y a Laz bailando en una fiesta; a Mari y a Laz lanzando al aire sus birretes el día de la graduación; a Mari y a Laz yendo a la misma universidad, casándose, abriendo juntos un negocio (un restaurante, un lavado de autos, un hotel para perros).

"Madre mía —se dijo—. Voy a perderlos a los dos".

La voz de Mari sacó a Celia de su nube de pensamientos de telenovela, pero aún quedaban resquicios en su cabeza.

—No me hagas caso —dijo Mari—. No es importante. Solo quiero que dejes de preocuparte. Es simpático, eso es todo. Y bastante guapo. Quiero decir que no está mal. Y, francamente, no creo que tengamos que destrozar a nuestro oponente para ganar.

Mari volvió a sentarse en la alfombra y buscó el marcador amarillo que había estado usando.

Celia se sentó en la alfombra e intentó olvidar el asunto de que a Mari podría gustarle Laz. Durante un rato, solo se oyeron los trazos frenéticos de los marcadores. A Celia le pareció que, por el momento, Mari era todavía su candidata y Laz, el chico que le gustaba. No tenía nada de qué preocuparse... por ahora.

Capítulo seis

Cuando se hicieron amigas, Celia y Mari descubrieron que a ninguna de los dos le gustaba ver los dibujos animados de los sábados. Ambas preferían pasar las primeras horas de la mañana acurrucadas debajo de sus cómodos edredones, oyendo las voces cada vez más altas de sus hermanos pequeños por encima del ruido de la televisión. Se rieron cuando se dieron cuenta de que tenían la misma costumbre y volvieron a reírse cuando supieron que sus mamás reaccionaban de la misma manera, entrando despacio en la habitación al mediodía, alzando el edredón de un tirón y diciendo que ya era hora de levantarse.

Este sábado, sin embargo, no era como los demás porque Celia tenía una misión. El viernes anterior, en la escuela, Laz había anunciado durante el almuerzo que su campaña haría un campeonato de baloncesto en las canchas del barrio. Él y Raúl habían entregado tarjetas para promocionar el campeonato. En un lado decían: "VEN A VER A TU CANDIDATO EN LAS CANCHAS", y se explicaban los detalles del evento, y en el otro decían, en letras grandes: "LAZ ES TU REPRESENTANTE". Laz en persona le había dado a Celia una tarjeta, susurrándole al oído: "Qué buena idea, ¿verdad?".

"Demasiado buena", pensó ella, intentando pasar por alto lo guapo que estaba con su camiseta de baloncesto y sus *jeans*. Que Laz le hubiera sacado partido a sus habilidades como atleta era una gran estrategia de combate, y además distraía la atención de los asuntos que de verdad eran importantes. ¿Cómo podía alguien hablar de lo que era importante para los alumnos de séptimo grado si estaba lanzando pelotas en la cancha del barrio? Las tarjetas, por otra parte, tenían un diseño profesional que llamaba la atención, y los chicos y las chicas las aceptaban como si fueran caramelos. En una palabra, era una idea *brillante*.

—Espero que puedas venir mañana. ¿Nos vemos allí? —le había dicho Laz luego de que ella leyera la tarjeta.

—Pues claro, allí estaré —dijo Celia, dobló la tarjeta y la guardó en el bolsillo.

Por eso se habían levantado tan temprano en vez de quedarse bajo el edredón esperando a que sus mamás las sacaran.

—Recuerda que esta es una misión de reconocimiento —dijo Celia mientras se encaminaban a la cancha de baloncesto del parque.

—¿Una qué? ¿Es que estamos en guerra? —dijo Mari.

El pelo suelto le caía por la espalda, lo que a Celia le pareció una elección extraña porque una cola de caballo sería mejor con el calor que hacía... a no ser que quisiera impresionar a alguien.

Celia había pasado un buen rato delante del espejo antes de salir con Mari, sin saber qué hacer con sus rizos. Al final decidió que su indomable cabello no podía taparle la cara, así que se lo recogió hacia atrás y se aplicó un poco de gel para mantener los rizos bajo control.

—No sé nada de estrategia militar —respondió Celia—. Bueno, al menos por ahora.

Reconocimiento significa estudiar o investigar al enemigo. Solo vamos al parque para ver cuánta gente se presenta y evaluar cómo va la campaña de Laz. Nada más.

—Solo dices eso porque odias a Laz y al baloncesto —dijo Mari.

Celia se dio cuenta de que Mari llevaba, por primera vez, un brillo de labios llamativo. Luego miró sus manos y vio que no se había retocado la uñas, que aún tenían el esmalte anaranjado medio descascarillado, por lo que dedujo que Mari se estaba volviendo loca de remate.

—Me gustaría jugar un poco —dijo Mari—. A lo mejor puedo retarlo a unas cuantas canastas.

—¿Con el pelo así? —dijo Celia—. El enemigo te ganará.

Celia notó que a Mari le temblaron un poco las piernas. ¡Así que estaba tratando de impresionar a alguien! Y Celia acababa de descubrirlo.

—¿De qué hablas? Deja de ser tan rara. No pude encontrar mi pinza del pelo favorita esta mañana y ya está. Y deja de llamar a Laz el enemigo. Solo estoy hablando de un juego amistoso.

Celia dejó que la palabra "amistoso" resonara en su cabeza unos segundos antes de hablar. Y se dio cuenta de que podía aprovechar el evento de Laz para impulsar la campaña de Mari.

—Espera, tienes razón. ¡Qué buena idea! Tienes que jugar contra él. Le demostrará a todo el mundo que tienes espíritu deportivo y que estás dispuesta a trabajar codo a codo con la gente. ¡Y así, mientras lo distraes en la cancha, yo puedo hablar con los espectadores y decirles que voten por ti!

—Eso sí que es un plan —dijo Mari sonriendo.

En ese momento pasó por su lado un auto en la dirección opuesta. Celia reconoció a la Sra. Núñez al volante de su famoso Cadillac amarillo. La Sra. Núñez tenía mellizos (Ricky y Claudia), y los dos estaban en séptimo en Coral Grove. Celia se dio cuenta de que probablemente acababa de dejarlos en la cancha de baloncesto.

—Pero no puedes dejar que Laz te distraiga. En la cancha, por supuesto.

Sabía que con este nuevo plan, Mari iba a pasar toda la mañana cerca de Laz, pero no quedaba más remedio.

—Ya estoy bastante distraída —dijo Mari—. He estado tan ocupada. No he podido pensar más que en estas dichosas elecciones. Y además están afectando a mi obra. Ni siquiera he memorizado una escena entera. —Bostezó y se frotó los ojos para espabilarse—. Y levantarse tan temprano un sábado por la mañana no me va a ayudar a estudiar esta tarde. Tengo que estar preparada para la semana que viene.

—Así me gusta, mantén tu espíritu —dijo Celia—. Y no te preocupes por el debate del viernes porque el jueves por la noche te ayudo.

Mari se detuvo en seco, clavando los pies en el asfalto.

—¿El debate es el viernes? ¿Este viernes? Ay, Celia, no.

—¡Pues claro que es el viernes! —dijo Celia—. El viernes por la mañana, antes de votar. ¿No te acuerdas del año pasado? El debate es el gran evento antes de las votaciones. Es nuestra estrategia definitiva para ganar o perder.

Mari empezó a morderse la uña del pulgar. Se oían risas y gritos de chicos (demasiados, por lo que parecía) al otro lado de la calle, en las canchas de baloncesto. Mientras pasaba por entre los troncos de las palmeras que rodeaban el parque y las canchas, Celia vio que había mucha gente de su edad.

—Esto tiene muy mala pinta —dijo Mari.

—Ya lo sé, parece que hay un montón de gente.

—No, me refiero a lo del debate del viernes.

Mari volvió a pasarse la mano por el pelo y empezó a estirarse las puntas de sus mechones castaños. Mari solía ser calmada (era la que normalmente convencía a Celia de que se tranquilizara), pero esta vez parecía estar a punto de tener un ataque de pánico.

—No te preocupes —dijo Celia poniendo la mano en el hombro de Mari—. Ya te dije que voy a ayudarte. Estarás preparada. Te lo prometí, ¿no?

—No, no entiendes —dijo Mari quitándose la mano del hombro—. Nuestro primer ensayo de la obra es en seis días. O sea, el viernes que viene.

Celia tragó en seco, al darse cuenta de lo que Mari quería decir. Dos actuaciones importantes el mismo día, muchos parlamentos que aprender, dos escenarios... Con razón Mari no parecía ser ella misma. ¿Cómo iba a poner a su mejor amiga en un aprieto tan grande? Celia dejó de pensar en las elecciones y en sus sueños de victoria y dijo lo que de verdad pensaba en ese momento.

—Está bien. Primero, déjame decirte que lo siento mucho. Siento mucho que todo pase a la vez.

Algo en el tono sincero de Celia hizo que Mari ya no sintiera pánico. Dejó de tirarse del pelo y relajó los brazos. Celia volvió a poner la mano en el hombro de Mari y esta sonrió. En el fondo se oían los gritos de la cancha de baloncesto.

—Mira —dijo Mari—, con Laz o sin Laz, lo cierto es que no tengo tiempo para esto.

Laz. ¿Era esa la razón por la que Mari había venido? Celia estaba preocupada, pero no quitó su mano del hombro de Mari.

—Bueno, ya estamos aquí —dijo.

Mari se volteó y miró la fila de casas que acababan de pasar. A lo lejos se oía a Puchi, el chiguagua de los vecinos de Celia, que ladraba como un loco.

—Madre mía, ese perro es casi tan pesado como Laz —dijo Celia.

—Qué mala eres —dijo Mari soltando una risita—. No es tan pesado.

—¿Te estás sonrojando? —comentó Celia.

—Qué va, es que hace mucho calor. Vamos a la cancha.

Celia se mordió la lengua para no demostrar lo que sentía por Laz. La había convencido de que lo veía como al enemigo, pero si a Mari le gustaba

Laz, no tendría ninguna oportunidad con él. ¡Y todo por su propia culpa! Quitó la mano del hombro de Mari y apuró el paso. Acabó por correr para que Mari no viera sus ojos llenos de lágrimas, y cuando estuvo lo suficientemente lejos, se dio la vuelta con una falsa sonrisa de oreja a oreja.

—¡Vamos, que empiece el juego! —dijo.

Cuando Mari la alcanzó, los ojos de Celia estaban secos y su mirada parecía decir que lo único que le importaba en ese momento era ganar las elecciones.

Laz estaba todavía más guapo en la cancha que en el colegio (había algo en el asfalto que realzaba el tono oscuro de sus ojos), pero Celia se esforzó por ignorar lo que había notado.

Mari, por otra parte, soltó un gritito ahogado cuando lo vio debajo de la canasta con una pelota bajo el brazo. Laz las saludó a las dos con la mano. Mari se quedó allí de pie, muy segura de sí misma, y Celia entendió por qué conseguía siempre los mejores papeles en las obras de teatro.

Decidida a concentrarse en el juego como estrategia para su campaña (y no como una oportunidad para estar cerca del chico al que fingía no querer), Celia se mezcló con la gente que había alrededor de la cancha, lejos de Mari, que se había quedado mirando el juego. Mientras la pelota rebotaba en el suelo, Celia buscó entre las gradas a los alumnos más influyentes de séptimo grado. Vio que, efectivamente, los mellizos estaban allí: Ricky y Claudia estaban sentados juntos, bebiendo agua y comiendo plátanos fritos de una bolsa. Aunque, a lo mejor, habían planeado venir al juego antes de que Laz repartiera sus tarjetas. Ambos eran bastante populares en la escuela (no tenían nada que ver con el grupo de sabelotodos). Ella solo los conocía porque sus madres eran amigas.

Celia reconoció a otros alumnos de séptimo: Luz Rojas, una de las chicas del equipo de fútbol, también estaba allí, vestida con el uniforme del equipo. A lo mejor estaba en el descanso de su propio partido, que probablemente se jugaba en otra de las canchas. Mike y Henry, dos chicos tan populares como Laz, estaban sentados en la última grada, como si se tratara de dos presidentes. Henry le dio un codazo a Mike y Mike le dio un codazo a Henry. Luego Henry le dio un empujón a Mike, y este se lo devolvió. Celia ni siquiera trató de descifrar este código masculino de comunicación.

Aunque no conocía a todos de nombre, sí reconocía bastantes caras. Yvette y su grupo de amigas no estaba, ni nadie del club de teatro, lo que no era ninguna sorpresa porque normalmente se mantenían lejos de los eventos deportivos. Celia no veía a ningún sabelotodo, y casi se puso triste al darse cuenta de que era la única representante de ese grupo.

Pero ella sabía aprovechar una oportunidad cuando la veía: estos no eran los votantes a los que ella se aproximaría en circunstancias normales, pero gracias a Laz, ahora estaban a su alcance. Echó un vistazo general al público y decidió que tenía que hablarle a cada grupo para hacerle propaganda a la campaña de Mari.

Raúl, una de las personas con las que contaba, no estaba ahí. Celia revisó tres veces las gradas buscándolo, pero al final lo encontró en otro lugar, cerca de los asaderos del parque. Estaba haciendo guardia junto a dos neveras portátiles, y tenía una libreta y un bolígrafo en las manos. Celia decidió que era el momento de llevar a cabo la misión de reconocimiento y fue hasta allá, pasando por su lado como si fuera la cosa más natural del mundo.

—Hola, Raúl —dijo—. ¿Qué te trae por aquí? ¿No te gusta el baloncesto?

—Sí, como a todos —dijo él sin dejar de escribir en la libreta—. Pero estoy ocupado ahora mismo.

—¿Ocupado con qué? —dijo ella parándose a su lado para ver lo que escribía.

Él abrazó la libreta para ocultarla y se puso el bolígrafo detrás de la oreja. Celia vio que tenía el mismo tipo de pelo rizado que ella, pero como lo llevaba tan corto era difícil notarlo. El de él era mucho más oscuro (casi negro), aunque sus ojos eran de un marrón más claro, quizás fueran pardos o incluso verdes.

—No es asunto tuyo —dijo Raúl—, pero como has estado a punto de ser la coordinadora de la campaña de Laz, supongo que te lo puedo decir.

Esto era algo muy interesante. El hecho de que Raúl le fuera a contar lo que podía ser un secreto de campaña significaba que ni él ni Laz la consideraban una rival. A lo mejor, la noticia de que a Mari le gustaba Laz había tenido algún efecto. De pronto esta falsa información terminaría aportando algo a la campaña. ¿Qué importaba si con ello perdía al chico que le gustaba? ¿No le había contado su mamá mil historias sobre los chicos que le habían gustado en la escuela por poco tiempo y nada más? A su mamá ni siquiera le cayó bien su futuro esposo cuando se conocieron: pensó que era un estirado porque no quizo bailar con ninguna chica en el baile de la escuela. Y ahora llevaban casados... ¿cuánto? ¿Más de doce años?

—Solo estoy llevando la cuenta de los que han venido, cuánto tiempo se quedan y qué piensan de Laz, y si quieren una de estas o no —dijo Raúl mientras abría una de las neveras y sacaba una botella de agua. Encima de la etiqueta había otra que decía LAZ ES TU REPRESENTANTE, pero la tinta se había corrido y la etiqueta se estaba empezando a despegar. Las etiquetas de las otras botellas parecían estar en igual estado.

Celia debió de hacer una mueca porque Raúl protestó.

—Oye, no están tan mal. Al menos se entiende el mensaje.

—Con diez minutos más en el agua —dijo Celia—, ni siquiera se podrá leer el mensaje.

Raúl miró una de las etiquetas. Decía algo como LA ES TO REPRASANTONTA.

—Tienes razón, son un desastre. —Tiró la botella en la nevera, dejó la libreta en una de las mesas y se sentó en el banco, apoyando la cabeza en sus manos—. No tienes ni idea de la cantidad de tinta de impresora que he gastado haciendo estas cosas.

A Celia le sorprendió que no lo hubiera pensado antes, pero ahora todo encajaba. Raúl era la mano derecha de Laz. Por eso estuvieron usando su impresora para hacer los carteles, por eso estaba tomando notas en el partido de baloncesto y por eso estaba tan decepcionado ahora. Todo esto había sido idea suya, no de Laz.

Ella se sentó a su lado en el banco, pensando detenidamente en lo que iba a decir. En el fondo se alegraba de que las etiquetas hubieran sido un fracaso y de que esta gran idea les hubiera salido mal. Pero eso no cambiaba el hecho de que había sido una idea fabulosa. Pensó que no le vendría mal admitirlo.

—No tiene mucha importancia. Mira lo bien que lo está pasando todo el mundo. Ni se darán cuenta de lo de las etiquetas.

—Sí que se darán cuenta —dijo Raúl—. Pensé usar un marcador permanente y escribirlas a mano, pero no, tenía que ser el más moderno y hacerlo con la computadora. Soy un estúpido.

Dada la gravedad del problema, podría decirse que Raúl exageraba un poco. Celia no sabía qué decirle para consolarlo porque ella solía ser demasiado dura consigo misma también. Miró al público y se dio cuenta de que habían despegado las etiquetas y las habían tirado al suelo. Había muchas caras desconocidas, alumnos de otros grados y de otras escuelas. A lo mejor la idea del campeonato no había sido tan buena para la campaña de Laz como pensaba. Esto hizo que Celia fuera aun más amable con Raúl.

—Mira a Mari y a Laz —dijo.

En la cancha, Laz bloqueaba a Mari para evitar que lanzara a la canasta, y lo estaba consiguiendo. Los dos estaban sudorosos y tenían las mejillas coloradas. Cuando Mari trató de lanzar a la canasta, Laz le quitó la pelota de las manos y anotó. Parte del público aplaudió y otra parte lo abucheó. Después del lanzamiento, Laz le dio la pelota a Mari. Sus sonrisas eran demasiado evidentes y sus expresiones demasiado dulces para ser rivales.

—Creo que a Laz le gusta Mari —dijo Raúl—. No estoy seguro. Si le gusta va a ser un verdadero problema para nuestra campaña.

¿Nuestra campaña? Celia tuvo que morderse la lengua para no decirlo en voz alta. Así que era cierto. Se gustaban, y ella no tenía la más mínima posibilidad con Laz. Bueno, no es que la tuviera antes, pero ahora era completamente imposible.

—No vayas a decir nada, ¿de acuerdo? —dijo Raúl—. Es solo un presentimiento. ¿Me prometes que no se lo vas a decir a Mariela?

Sus enormes ojos pardos se lo suplicaban, y Celia reconoció en ellos una sensación de pérdida, de algo que se había roto. ¿Sería que a él también le gustaba Mari? ¿Por qué estaba todo el mundo de repente enamorado de su mejor amiga? En ese momento lo comprendió perfectamente, y se sintió unida a él por una misma sensación de impotencia (la impotencia de ver cómo alguien te rompe el corazón).

—Está bien —dijo—. Te lo prometo.

—Me pareció mejor que te retiraras mientras estuvieras ganando —le dijo Celia a Mari de camino a casa.

Mari había querido seguir jugando, pero habían estado en la cancha más de una hora y Celia ya había hablado con cada uno de los alumnos de séptimo grado. Les había prometido que los buscaría el lunes y les entregaría en persona una etiqueta de ¡VOTA POR MARI!, y todos habían dicho que se la pondrían. Pero la verdadera razón por la que Celia quería salir de allí era que estaba aburrida de ver a su mejor amiga y al chico que le gustaba jugando baloncesto.

—Además, Raúl tenía una energía rara —añadió mientras cruzaban la calle.

—¿De verdad? —dijo Mari—. ¿Raúl? ¿Energía rara?

Celia no sabía si su amiga tenía las mejillas coloradas por el juego o si estaba ruborizada. De todas maneras, parecía demasiado contenta para alguien que tenía que memorizar párrafos y párrafos en unos pocos días.

—No, no —dijo Celia inmediatamente—, lo que pasa es que me confesó que la estrategia no les salió tan bien como pensaban, y yo estoy de acuerdo. Y en todo caso, la mayoría de la gente cree que esto del baloncesto fue idea de los dos candidatos, así que no tenemos porqué quedarnos, sobre todo cuando tenemos un montón de cosas que hacer.

—Pues qué pena lo del campeonato. Fue una idea muy buena. Puede que luego venga más gente. —Mari se volteó y miró hacia el parque por encima del hombro—. Quizá deberíamos volver.

Celia no podía creer lo que oía. De camino a la cancha se había sentido culpable por quitarle tiempo de ensayo a Mari, y ahora ella estaba dispuesta a regalarle ese tiempo a Laz sin chistar. Pero siguió caminando sin decir nada, y sin mirar al parque.

—Es muy simpático —dijo Mari—. Hasta me deseó suerte en el discurso del lunes por la mañana. ¡Qué lindo! ¿Verdad?

Celia asintió.

"A mí no me deseó suerte —pensó—, y yo soy la que tiene que escribir el discurso. Y ahora voy a pasar la tarde pidiéndole a Mari sugerencias cuando ya sé lo que hay que decir".

—Mira —dijo Mari—, todo esto del baloncesto me ha hecho pensar en Laz. Fue un evento muy divertido y vino mucha gente. ¿No te parece que es la clase de idea que debe tener un buen representante de séptimo?

¿De verdad la estaba traicionando Mari tan descaradamente? ¿No era capaz de olvidar a Laz? Celia estaba tan enojada que apuró el paso y llegaron a su casa rápidamente. Vio cómo Puchi las esperaba para soltarles sus terribles ladridos, y sintió las mismas ganas de atacar a alguien.

—¿De verdad crees que Laz es tan genial? —dijo Celia— ¡Lo del partido ni siquiera fue idea suya! Fue idea de Raúl, así que ya puedes ir admitiendo que Laz no es más que una marioneta. No tiene ideas de ninguna clase. Es un estúpido.

—¡Ajá! Así que, cuando alguien no tiene ideas para su campaña, ¿es un estúpido? ¿Es eso lo que quieres decir? —Mari se detuvo bruscamente en frente del patio del vecino de Celia mientras Puchi metía el hocico entre la valla y gruñía—. ¿Y tú piensas lo mismo de mí?

—Bueno, la verdad es que no has sido una gran fuente de ideas para la campaña —dijo Celia.

—¡Como si tú fueras a escuchar alguna de mis ideas! ¡Tú no escuchas a nadie!

—¡Eso no es verdad! —protestó Celia.

—¿Eso crees? —dijo Mari—. Si de verdad me escucharas, ¡tú serías la candidata a representante en vez de obligarme a mí a formar parte de este lío que has montado!

—¿Obligarte? ¿Te acuerdas cuando dijiste que sí? Además, no pareció importarte que Laz te deseara suerte en la campaña, ¿verdad? No te importa darle a entender que mis ideas son tuyas.

Mari se quedó boquiabierta. Lo único que se oía por millas a la redonda eran los ladridos de Puchi anunciando al resto del mundo la pelea entre las amigas.

—Tú me dijiste que hiciera eso —dijo Mari al cabo de unos segundos.

—Sí, pero no te dije que usaras mis ideas para coquetear con el enemigo. ¿O es que estabas actuando y fingías que te gustaba?

Puchi las miraba y ladraba.

—¿Así es como te vas a comportar? —preguntó Mari—. ¿Vas a ponerte celosa porque estoy haciendo lo que tú me dijiste que hiciera? Muy bien. Veremos cómo te va el lunes sin mí, cuando llegue la hora de leer tu estúpido discurso y yo no esté allí. Veremos cómo se lo explicas a la Srta. Perdomo.

Ahora era Celia la que se había quedado con la boca abierta. Y el talento de Mari para la actuación le dio el final perfecto a la pelea porque cuando se volteó para irse a su casa, su pelo casi le pega a Celia en la cara. Puchi la siguió por la valla, ladrando con tanta fuerza que temblaba. Se le acercó a los tobillos, pero Mari, en vez de ponerse nerviosa como siempre, pasó de largo sin prestarle atención.

Puchi siguió ladrando mucho después de que Mari se alejara, y cuando por fin se dio cuenta de que la chica no iba a volver, corrió hacia Celia y empezó a ladrarle a ella.

—¡Cállate! —gritó Celia.

El perro gimió y escondió la cola entre las patas, alejándose tan rápido como pudo. Cuando Puchi entró en la casa, Celia sintió el peso de la discusión que acababa de sostener con Mari. En ese momento le pareció que el perro era un genio: salir corriendo a casa era la mejor idea del mundo.

Capítulo siete

—De verdad, mami. Creo que es meningitis —dijo Celia bajo las sábanas el lunes por la mañana. Tosió un poco, pero su mamá tiró de las sábanas de todas formas—. Nunca he estado tan segura de algo en toda mi vida.

—Es la tercera vez que tienes meningitis este año —dijo su mamá—. ¿Qué te pasa? Dime de una vez qué pasó con Mari. Sabes que vas a ir a la escuela, quieras o no.

—Te lo diría con gusto, pero esta meningitis me tiene tosiendo —dijo Celia.

—No tienes meningitis. No sé por qué te dejo ver esos documentales por televisión. ¡Te dan unas ideas horribles! —La mamá de Celia se sentó en la cama—. Vamos, dime qué pasó entre Mari y tú antes de que te ataque con un millón de besos. Sé que quieres contármelo.

Era verdad. Celia se había pasado el resto del sábado y todo el domingo pensando en contarle todo a su mamá. Al final no lo había hecho porque no encontró la forma de hacer que Mari pareciera la mala, y no tenía ninguna intención de confesar la verdad sobre su plan para candidata a representante. Sabía que acabaría contándoselo todo a su madre, pero quería esperar, sobre todo ahora que Mari no iba a participar.

—¿Por qué escribiste el discurso de Mari? —preguntó su mamá señalando al escritorio.

En el escritorio había una taza llena de bolígrafos y lápices y varias libretas. En una de ellas se veía la versión final del discurso que Celia había escrito el domingo. La papelera debajo del escritorio estaba llena de papeles amarillos arrugados (sus intentos de encontrar las palabras adecuadas para el discurso). Ahora había llegado ese día, pero Celia estaba haciendo todo lo posible para no ir a la escuela a explicar por qué Mari no leería el discurso en persona.

Celia estaba casi segura de que Mari también estaba buscando una excusa para no ir a la escuela, pero era mucho mejor actriz y, por lo tanto, tenía más posibilidades de salirse con la suya. Pero a Celia, en el fondo, le preocupaba más que Mari fuera a la escuela, a la oficina de la Srta. Perdomo directamente, y lo confesara todo allí mismo. De solo pensarlo, Celia se sentó en la cama, lista para levantarse. Tenía que llegar antes que Mari.

—¡Te has curado! —dijo su mamá aplaudiendo.

—Bueno, algo parecido —respondió Celia—. Escribí el discurso para ayudarla, nada más. No lo hice por ella. Solo quería... ayudar.

—Ayudar, ¿no? Bueno, pues me parece muy bien. Ayudar es bueno. Siempre que eso sea todo lo que estás haciendo... ayudar.

—Solo estoy ayudando —dijo Celia. Sabía perfectamente que su mamá siempre le leía el pensamiento. Era parte de la razón por la que estaban tan unidas, y una de las muchas por las que la quería tanto. Pero Celia no estaba lista para contarle la verdad.

—Te prometo que te lo contaré todo muy pronto. Pero tengo que darme prisa para llegar a la escuela temprano... y ayudar a Mari.

—Está bien —dijo su mamá mientras Celia se levantaba—, pero no olvides que puedes contarme cualquier cosa, Celia. No tienes que fingir que tienes meningitis, ¿de acuerdo?

—Lo sé, mami. Perdóname. Te lo contaré pronto —dijo Celia, levantándose y yendo a su ropero.

—Lo que haya pasado entre ustedes no es asunto mío, pero quizá deberías ponerte la camiseta roja con dorado que te regaló Mari el año pasado por tu cumpleaños —dijo su mamá—. ¿No crees que sería un bonito detalle? Serviría para decirle que lo sientes.

Celia pensó que su mamá, como siempre, tenía razón, pero cuando iba a decírselo, sonriendo, ya se había ido. Entonces se quedó vistiéndose y pensando en lo que haría.

—¡Hurra! ¡Llegaste! —dijo la Srta. Perdomo cuando Celia entró en su oficina unos minutos antes de que sonara el timbre.

La consejera se estaba terminando de pintar los ojos y tenía el delineador en una mano y un espejito en la otra. Aunque el delineador era de color morado, no se veía demasiado estridente sino que realzaba aun más el color marrón de sus enormes ojos.

—¿Me estaba esperando? —preguntó Celia, preocupada por la posibilidad de que Mari ya hubiera estado allí.

La Srta. Perdomo cerró el espejo, metió el delineador en su fina tapa y guardó todo en el cajón de su escritorio.

—No, no exactamente —dijo—. Verás, ya sé que la que se presenta es tu amiga Mariela, pero esperaba que... suponía que vendrías a prestarle tu apoyo moral. Lázaro vino con su amigo esta mañana, así que me imaginé que tú vendrías con Mari. Pero Mari no ha llegado todavía.

Celia vio que había dos mochilas en el suelo y al instante supo que eran las de Laz y Raúl. Así que Raúl había venido a oír el discurso de Laz... o a ver de cerca a Mari.

—Están ensayando en el baño de los chicos. ¿Verdad que son adorables? Supongo que tienen algunas sorpresas bajo la manga. —La Srta. Perdomo estaba tan entusiasmada que daba la impresión de que ya iba por su tercera taza de café—. Solo tenemos que esperar a Mariela, pero no te preocupes, hay tiempo de sobra antes de que suene el primer timbre. Supongo que Mari está mejor preparada que Laz.

—Seguro que es eso —dijo Celia tragando en seco.

—Aunque una se pregunta por qué necesita tu apoyo moral si se siente tan bien preparada... En fin, perdona un segundo, necesito otra taza de café —dijo agarrando su taza y saliendo de la oficina.

Celia trató de pensar. ¿Qué podía hacer? ¿Inventarse una excusa para disculpar a Mari y esperar que luego la dejaran seguir como candidata? ¿Debería contarle la verdad a la Srta. Perdomo y arriesgar su reputación como una de las estudiantes más responsables de toda la escuela? ¿Debería irse antes de que volviera la Srta. Perdomo? Lo que no podía hacer era marcharse y dejar que Mari se llevara toda la culpa por no presentarse; ella la había metido en este lío y, hasta que se dijera lo contrario, seguía siendo su mejor amiga.

—Así que has venido.

Celia sintió que el corazón se le salía del pecho. Se volteó y vio a Mari en la puerta de la oficina. Llevaba las grandes argollas de plata que Celia le había regalado para la Navidad el año anterior. Su mamá no permitía que las llevara a la escuela porque eran demasiado finas, pero seguro que ese día había hecho una excepción.

—Mari, perdóname por lo que dije de...

—Celia, siento mucho lo que dije de...

Las dos se abrazaron, susurrando el resto de sus disculpas al oído de la otra. Se separaron rápidamente, pensando que las podía estar viendo la Srta. Perdomo.... o aun peor, Laz y Raúl.

—No podía dejar que te metieras en un lío —dijo Mari en voz baja después de comprobar que no había nadie alrededor—. Ya estamos metidas hasta el cuello, ¿verdad?

—Seguramente —dijo Celia—. Pero al menos estamos preparadas.

Agarró su mochila y sacó la libreta en la que estaba el discurso que había escrito. Le dio la libreta y un lápiz a Mari. Había dejado espacios dobles para que resultara más fácil leerlo.

—No puedo creer que lo hayas escrito —dijo Mari.

—Yo... tampoco podía dejar que te metieras en un lío. Y sabía que tenías que ensayar la obra el domingo.

Mari leyó el discurso y asintió. Le gustó mucho y estaba muy agradecida.

—Esto es para que taches o añadas lo que creas necesario —dijo Celia ofreciéndole el papel y el lápiz—. Tú eres la que lo tiene que leer; es justo que aportes tu granito de arena.

—Muchas gracias —dijo Mari con una sonrisa de oreja a oreja—. De todas formas, confío en ti plenamente, y sé que no puedo mejorar tu obra de arte.

—Seguramente tienes razón —bromeó Celia.

Las chicas se estaban riendo cuando entró la Srta. Perdomo con su taza de café.

—¡Mariela! Estupendo, ya estamos todos listos. Bueno, en cuanto suene el timbre, claro. ¿Y dónde están esos dos chicos? Más les vale regresar pronto porque el espectáculo debe continuar.

Mari miró a Celia y sacudió la cabeza, pero Celia se rió.

—Está loca —dijo Mari con los labios.

Celia negó con la cabeza sonriendo. Mari estaba a punto de sonreír también pero no llegó a hacerlo, y de repente las mejillas se le pusieron rojas como un tomate. Celia estaba por preguntar qué le pasaba cuando alguien carraspeó detrás de ella. Eran Laz, igual de ruborizado que Mari, y Raúl. Celia se dio cuenta de que la sonrisa de Raúl era mayor que la de Laz, y más sincera... y parecía sonreírle solo a ella. ¿Habrían conectado por accidente en el partido de baloncesto? No estaba segura, pero él era parte de la campaña de Laz y, por lo tanto, su enemigo también.

—Buenos días, señoritas —dijo Raúl.

—¡Qué educado este chico! —exclamó la Srta. Perdomo—. ¡Me encanta! Vamos a comprobar si funcionan los parlantes, ¿de acuerdo?

—De acuerdo —dijo Laz.

Después de los anuncios de todas las mañanas, entre los que se coló otra entrega de las muy aburridas proclamas del director, la Srta. Perdomo tomó el micrófono y pulsó los interruptores para que los discursos se escucharan en las clases de séptimo.

—Queridos alumnos de séptimo —dijo—, ¡me complace presentarles a los candidatos a representante de su grado!

A continuación, se acercó el micrófono a la boca e imitó lo que parecía ser el sonido de una gran muchedumbre gritando. Celia sonrió, aunque le pareció que sonaba como cuando te acercas una concha marina a la oreja. La Srta. Perdomo alzó las cejas y Celia se rió. Le daba pena que ninguno de los otros tres entendiera el sentido del humor de la Srta. Perdomo, pero Celia pensaba que ellos se lo perdían.

—El primero por orden alfabético, por un pequeño margen, es D. Lázaro Crespi.

La Srta. Perdomo le dio el micrófono a Laz. Cuando el chico empezó a leer su discurso, Celia se dio cuenta de que las manos le temblaban ligeramente.

—¡Qué pasa, Coral Grove! Soy Lázaro Crespi, aunque me llaman Laz, y les hablo en directo desde la oficina principal. Ya sé que todos van a votar para que sea su representante, pero en caso de que a alguien le quede alguna duda, a continuación van a oír a algunos de mis seguidores más fervientes, ¡quienes les contarán por qué piensan que soy la persona ideal para el puesto!

En ese momento, Laz empezó a imitar al Sr. Negreli, el maestro de Ciencias, exagerando al máximo sus excéntricas características. Se inventó una historia sobre cómo había perdido su porta-bolígrafos, algo que no tenía nada que ver con las elecciones, pero que fue muy chistosa. Luego Laz impresionó a todos con su fabulosa imitación del director y sus proclamas. Celia oía las risas de los alumnos de las clases cercanas a la oficina, y hasta la Srta. Perdomo se tapó la boca, probablemente para ocultar su sonrisa. Pero entonces Laz la imitó a ella también, aunque sin mucho tino. Su voz fue demasiado alta y de niña. Todas las imitaciones terminaron igual, diciendo que Laz era el mejor y que aprobaban su mensaje, como en los anuncios electorales reales.

—¡Gracias por su apoyo! —dijo Laz, volviendo a su voz natural—. Así que, Coral Grove, sigan su ejemplo y voten por mí. Recuerden mi lema: ¡Laz es el hombre para este puesto! ¡Vota por Laz!

"¿Ese es su lema?", pensó Celia. Miró a Mari y supo que ella se preguntaba lo mismo. Y pasó algo aun mejor: la Srta. Perdomo parecía estar preguntándoselo.

Laz se acercó a Raúl y los dos chocaron los cinco. Celia no podía creer lo poco originales que eran; el discurso no había tenido ningún contenido de valor. Consistió nada más que en bromas, sin una sola mención de un asunto real. Celia se alegró y se dijo que había llegado la hora de poner en práctica su plan. Contuvo la respiración y esperó.

—Gracias, Lázaro, por ese discurso divertido y un poco descontrolado —dijo la Srta. Perdomo por el micrófono; Laz le guiñó un ojo, al parecer sin darse cuenta de que ella se estaba riendo de él—. Solo para que conste —continuó la Srta. Perdomo—, debe quedar claro que todas las voces eran falsas. Ningún miembro de esta administración ha apoyado ni va a apoyar a ningún candidato. Una vez dicho esto, quiero presentarles a Mariela Cruz, la segunda y última candidata.

Mari carraspeó y se acercó al micrófono. Llevaba en las manos la libreta que le había dado Celia. Los dedos no le temblaban en absoluto.

—Mis queridos compañeros —empezó a decir con voz clara y limpia—, como acaban de escuchar, está claro que mi oponente cree que estas elecciones son una broma.

Celia miró a Laz y a Raúl. Los dos habían abierto la boca.

"Esperen y verán —pensó Celia, sintiendo que le ardían las mejillas—. Esto es solo el principio".

—¡Fue increíble! —dijo Mari más tarde mientras las chicas corrían hacia su primera clase—. ¿Cómo sabías que Laz iba a hacer las imitaciones? ¡Tu discurso lo destrozó!

Celia sonrió. La verdad es que no sabía lo que Laz haría y había corrido un gran riesgo. Simplemente había registrado el hecho de que Laz imitaba a los maestros cada vez que alguien le daba la oportunidad, por pequeña que fuera, y pensó que acertaría. Y así fue. Mari leyó el discurso casi a la perfección (solo dudó un poco en la palabra *emblemático*, pero se repuso enseguida) e hizo que Laz pareciera un bufón irresponsable con el que "uno lo pasaba bien", pero a quien no se le podía "encargar una responsabilidad tan grande".

—Me imaginé que iba a hacer algo parecido —dijo Celia—. ¿Qué otra cosa iba a decir?

No fue un discurso malintencionado. Solo resaltaba una cuestión muy importante: Laz no se tomaba el cargo en serio.

—¿Queremos como representante de todos los alumnos de séptimo a alguien que ni siquiera se toma en serio su discurso de campaña? —había dicho Mari en su discurso—. En una palabra, no.

Luego siguió leyendo la lista de cosas que haría si salía elegida. Celia había apuntado muchas ideas nuevas, como hacer un viaje al final del año escolar, pasar las asambleas a horas de la tarde para que pudieran ir más padres, fomentar la unidad de las clases creando un boletín informativo en el que tanto alumnos como maestros pudieran participar y, por supuesto, varias ideas para la semana del espíritu escolar. Y todo ello escrito de forma concisa y clara.

El discurso terminó con el lema: "¡Con Mari Cruz siempre cuentas tú! ¡Vota por Mari Cruz!" Mari había leído esto más alto que el resto del discurso y su voz había hecho que sonara de manera muy atractiva. La Srta. Perdomo la felicitó por haber escrito un discurso tan agudo y provocativo. Celia se mordió la lengua para no decir que había ayudado a escribirlo porque, después de todo, era parte del plan que Mari se llevara todo el crédito.

Mari cantó el lema por los pasillos: "¡Con Mari Cruz siempre cuentas tú! ¡Vota por Mari Cruz!", y cuando abrió la puerta de su clase, los alumnos empezaron a aplaudir. Celia se quedó sorprendida por el ruido que hacían. Luz Rojas, que había ido al partido de baloncesto, gritó desde su sitio:

"¡Mama mía, Mari! ¡Lo has destrozado! ¡Fue impresionante!"

—¿Eres una adivina o algo parecido? —dijo Ricky Núñez desde la primera fila.

—Qué va, es que sabía que iba a hacer algo parecido. ¿Qué otra cosa iba a decir?

Mari se dio vuelta antes de cerrar la puerta del salón y le guiñó un ojo a Celia.

—¡Oye! Eso es lo que yo... —comenzó a decir Celia, pero se dio cuenta de que no podía aportar nada sobre quién había escrito el discurso, ni sobre quién era la adivina.

Mari se había ganado toda la gloria y Celia se dio cuenta de que no había pensado en lo mucho que eso la iba a afectar. Mientras caminaba hacia su primera clase, dijo en voz alta, a nadie en particular:

—Y esto es solo el principio.

Capítulo ocho

—¡Gracias! No es nada, de verdad. ¡Solo recuerda que con Mari Cruz siempre cuentas tú! —dijo Mari a otra de las personas que la felicitó por el discurso.

Celia se apoyó en su casillero, dejó caer una bolsa llena de materiales de la campaña y esperó a que Mari terminara de aceptar otro cumplido. En los últimos días todo el mundo la felicitaba. Las pegatinas habían sido un éxito total, y casi todos los alumnos que caminaban por los pasillos llevaban una. Era miércoles por la mañana, y Celia había imaginado que para entonces ya se le habría pasado el malestar por no recibir nada del crédito. Pero no era el caso. Ni por asomo.

La peor parte había venido del mismo Laz en persona. El lunes, al salir de la cafetería, se acercó a la mesa de Celia y Mari y se sentó en el banco que quedaba libre.

—Mari, me dejaste mudo esta mañana —dijo—. Fue impresionante, la verdad.

Celia vio que ambos se ruborizaban, y le sorprendió que se pusieran nerviosos cuando estaban juntos. Se suponía que Laz era uno de los chicos más divertidos y que Mari era una actriz fabulosa, pero allí estaban los dos, muy nerviosos. Celia tenía ganas de vomitar.

—Bueno, no me malinterpretes —continuó Laz, batiendo sus enormes pestañas—. No me gusta que la gente me trate así, pero fue una táctica muy inteligente. Me has impresionado.

En ese momento llegó Raúl, que acababa de tirar el contenido de su bandeja a la basura, y le lanzó a Celia una mirada nerviosa.

—Hola, Celia —murmuró—. Quiero decir, hola, chicos. —Sonrojándose agarró a Laz de la solapa, lo obligó a levantarse y le susurró al oído—: ¿Qué estás haciendo?

—Madre mía —dijo Mari cuando se alejaron—. ¡Dijo que le gustó mi discurso!

"¿Tu discurso?", pensó Celia. Intentó decírselo con la mirada, pero obviamente Mari no se dio cuenta.

—¡Cree que soy un genio! —dijo Mari sonriendo de oreja a oreja.

—Dijo que el discurso fue genial —dijo Celia—. Si en vez de estar babeando lo hubieras estado escuchando, habrías entendido lo que dijo. Y probablemente no fue lo que quiso decir. Puede que solo sea otra táctica de campaña, para aparentar. ¿Y qué le pasa a Raúl?

Mari ni siquiera pestañeó. Estaba lejos, muy lejos, en el planeta Laz, y había dejado a Celia a solas con sus frustraciones y las dos bandejas del almuerzo.

Las dos habían estado ensayando el lunes y el martes por la tarde para el último evento de la campaña antes del gran debate del viernes: las visitas a los salones de clase.

Cada candidato tenía que ir a todas las clases de séptimo entre el miércoles y el jueves para contestar preguntas y promocionar su campaña. Mari y Laz se iban a turnar con las visitas, haciendo la primera mitad ese día y la otra mitad al día siguiente.

Celia estaba un poco nerviosa por la actuación de Mari. Los ensayos habían ido bien, pero Mari había tenido el guión de la obra de teatro todo el tiempo en el regazo (intentaba hacer las dos cosas a la vez).

—No puedo permitir que esa chica, Sami, me robe el papel. Hoy no solo no miró el libreto ni una sola vez, sino que ha actuado realmente bien. Casi tan bien como yo, la verdad. ¡Te digo que me lo quiere robar!

Mari seguía atrasada con respecto al resto de los actores, y la Sra. Wanza le había dado dos días más para memorizar sus parlamentos "antes de considerar otras opciones". Además, después de la pelea que tuvieron, Celia no quería decirle a Mari que el libreto de la obra la distraía. Iba a estar con ella en los salones en caso de que algo saliera mal. La Srta. Perdomo le había dado permiso para acompañar a Mari y ayudarla a llevar los carteles y los volantes de salón en salón.

Celia sacó de su carpeta una lista de los salones que tenían que visitar el miércoles. El primero era la clase del Sr. Negreli, que estaba al otro lado de la escuela. Celia miró el reloj: faltaban cinco minutos para que sonara el timbre; o sea, faltaban diez minutos para su primera visita oficial, y ya no habría marcha atrás. La Srta. Perdomo iba a anunciar por los parlantes el comienzo de las visitas. Sintió un frío en el estómago.

—Bueno, compañera —dijo Sami, la sustituta de Mari en la obra—. Nos vemos en la clase de teatro. Espero que ganes estas elecciones. ¡Buena suerte hoy!

Sami se dio la vuelta con gracia y elegancia, con su larga cola rubia de caballo moviéndose de un lado a otro y una linda mochila morada colgada en la espalda.

—Gracias —dijo Mari.

Celia y Mari vieron cómo se alejaba. Mari se volteó hacia el casillero y miró a Celia.

—Pues claro que quiere que gane las elecciones. Sabe que si eso sucede, la Sra. Wanza le dará mi papel. ¡Quiere destruirme!

—¿Cómo? —preguntó Celia preocupada—. ¿Cómo puede decidir la Sra. Wanza que no puedes hacer las dos cosas a la vez? Sobre todo cuando el ser representante va a ser mi responsabilidad y no la tuya.

—¿Y cómo va a saber eso la Sra. Wanza? Ella piensa que está a punto de tener una actriz principal demasiado ocupada.

Celia había pensado que la reputación de Mari como la mejor actriz de séptimo era suficiente para tener a la Sra. Wanza de su parte, pero parecía que estaban tentando demasiado a la suerte. Si dañaban la reputación de Mari como actriz, también podían acabar dañando su reputación como candidata.

—Si convences a la Sra. Wanza de que no te quite el papel, cuando seas representante de séptimo se dará cuenta de que puedes hacer las dos cosas a la vez.

—Celia, eso es lo que estoy tratando de hacer, pero no me está saliendo muy bien últimamente. No digo bien mis parlamentos. ¡Sigo hablando de los planes para el baile del colegio en medio de mi monólogo! Y Sami está trabajando mucho porque quiere el papel. Supongo que no puedo culparla, pero la Sra. Wanza está empezando a perder la paciencia conmigo —dijo Mari, escondiendo la cara entre las manos—. ¡Quiero que acabe pronto esta maldita campaña!

"Ya somos dos", pensó Celia.

En ese momento sonó el timbre y los pasillos se llenaron de alumnos corriendo a sus clases.

—Solo intenta mantenerte concentrada, ¿de acuerdo? —dijo Celia.

—¿Concentrada? ¡Ja! —exclamó Mari, y cerró su casillero de un portazo. Parecía que estaba empezando a desmoronarse.

—Tenemos cinco minutos antes de nuestra visita a la clase del Sr. Negreli —dijo Celia—. Recuerda todo lo que hemos ensayado, y yo estaré a tu lado en caso de que algo no salga bien. —Pasó el brazo por los hombros de Mari y se sintió mal por lo que estaba a punto de decirle—. Después del discurso del lunes, todo el mundo piensa que eres la mejor persona para el cargo. No tienes más que ponerle la guinda al pastel, ¿de acuerdo?

Mari suspiró profundamente. Celia vio la cara de preocupación de su amiga y se dio cuenta de que llevarse todos los laureles por la campaña era tan duro para Mari como para ella. Mari frunció el ceño y miró al pasillo, que ya estaba vacío.

—Te prometí que nunca te dejaría sola en todo este asunto —dijo Celia—. Te prometo otra cosa también: no voy a dejar que pierdas tu papel en la obra.

—¿Y cómo vas a conseguirlo?

—No tengo ni idea —admitió Celia—. Pero tengo la sensación de que después de las visitas a los salones se me ocurrirá algo. —Con una mano agarró la bolsa de materiales de la campaña y con la otra apretó el brazo de Mari—. ¿Lista?

—Lista —contestó Mari, apretando la mano de Celia.

—¿Qué tipo de bailes piensas hacer cuando seas representante? —preguntó Henry Valencia desde la tercera fila.

—Esa es la cuestión —dijo Mari muy segura de sí misma porque habían ensayado la respuesta el día anterior—. La decisión no depende de mí, sino de ustedes. Mi trabajo como representante es transmitirle a la administración sus ideas de manera firme y convincente. Así que, déjenme preguntarles qué tipo de bailes les gustaría tener a ustedes, y así me haré una idea de lo que quieren. Para ser representante hay que ser desinteresada y ser... este... ejem...

—¿Un filtro? —dijo Celia desde su lugar al lado de la pizarra, donde sostenía un enorme cartel que decía "¡Vota por Mari Cruz!" Era la penúltima visita del día, y los brazos se le estaban empezando a cansar.

—¡Exacto! Un filtro para sus pensamientos e ideas. Así que, Harvey, ¿qué tipos de baile te gustaría tener en la escuela este año?

Era verdad que el guión que se había aprendido Mari hacía que sonara igual que Celia, pero nadie se había dado cuenta todavía. Aparte de un par de equivocaciones en la mañana, las cosas habían salido bastante bien. Celia dejó el cartel en el suelo y sacó de su mochila un marcador y una libreta grande en la que escribió "Ideas para los bailes" como encabezamiento.

—Pues... creo que... —dijo Harvey.

Los alumnos de las filas de atrás empezaron a soltar risitas.

—¡Cállate! —gritó alguien.

—Creo que... —dijo Harvey—. No sé. ¿Qué les parece Debajo del mar?

Celia oyó un par de risitas mientras escribía "Debajo del mar/Mundo marino" en la libreta.

—Excelente —dijo Mari—. ¿Alguien más tiene otra idea?

Se oyeron otros temas: Noche de los años sesenta, Fiesta playera, Un paseo por las nubes,

La vuelta al mundo en ochenta días, Máquinas excavadoras.

—¿Máquinas excavadoras? —preguntó Celia al leer lo que acababa de escribir.

Toda la clase estalló en risas. Por fortuna, Celia también había planeado que ocurriera, y ella y Mari habían ensayado la mejor forma de evitar que este tipo de actividades en grupo se convirtiera en un desastre total. Lo malo es que Mari estaba tartamudeando y confundiendo las frases que tenía que decir.

—No todas y cada una de las ideas van a ser... No, esperen. Esto... Aunque todas las ideas son perfectamente válidas, a veces tenemos que... Ay, no, eso tampoco es... —Mari empezó a morderse la uña del pulgar. Bajó la cabeza y cerró los ojos, tratando de acordarse de lo que tenía que decir.

Celia sabía que su amiga había entrado en pánico y acudió en su ayuda.

—Lo que Mari quiere decir es que no puede ir a ver al director con miles de ideas diferentes, así que parte de su trabajo es elegir aquellas ideas con las que la mayoría está de acuerdo y transmitírselas. Y aunque lo de las máquinas excavadoras es bastante divertido, no cree que a la administración le vaya a gustar mucho. Eso es lo que tratabas de decir, ¿verdad, Mari?

En ese momento, Mari levantó la cabeza de golpe y le gritó a la clase:

—¡Puerco asqueroso! ¡Si osas aspirar un céfiro más, voto a bríos que te arrepentirás!

Los alumnos, atónitos, se quedaron sentados. Nadie se dio cuenta de que era parte del diálogo de la obra.

—Eso tampoco es, ¿verdad? —le dijo Mari a su pulgar.

—¿Está loca? —preguntó Harvey seriamente.

—¡No, no, no! —exclamó Celia con una risa demasiado forzada—. Mari es la actriz principal de la obra de este año y solo quería darles a todos una pequeña muestra de la gran interpretación que va a hacer. ¿Fue convincente, no? ¡Pues va a ser igual de convincente llevándole al director todas sus ideas! ¡Ja, ja, ja!

La clase guardó un silencio incómodo por unos momentos.

—¿Alguien tiene alguna otra pregunta para estas jovencitas? —dijo el maestro.

Mari salió de su trance melodramático, sonrió y regresó a su papel de candidata. Celia corrió hacia su mochila y sacó la pila de tarjetitas promocionales de Mari que había hecho en casa el día anterior; todas contenían las ideas generales de la campaña. Repartió unas cuantas más entre los alumnos que estaban en la primera fila y les pidió que las fueran pasando.

—Oye, Mariela —dijo el tonto de las máquinas excavadoras—. Si tú eres la que se presenta para representante de séptimo, ¿por qué es que Celia parece saber más de tus ideas que tú?

—Muy buena pregunta —dijo Mari—. Todo buen candidato tiene un buen equipo de apoyo, y Celia es parte de mi equipo.

Era una de las respuestas ensayadas. Celia le había pedido a Mari que solo la usara en un auténtico caso de emergencia.

—Gracias, chicas —dijo el maestro entre los aplausos de los alumnos.

Cuando salieron del salón, Mari agarró a Celia de los brazos.

—¿Lo ves? —dijo—. ¡La gente se está dando cuenta! ¡No puedo seguir con esta farsa! ¡Parezco una idiota!

—Mari, lo estás haciendo muy bien. Saliste de perlas de la última pregunta.

—Claro, ¡y dos segundos antes los llamé cerdos asquerosos! ¡Mi cabeza va a estallar de tanto memorizar líneas!

—Baja la voz, alguien puede oírte —dijo Celia señalando hacia un lado del pasillo.

Por allí había aparecido Laz, que se dirigía a la última clase de la mañana. Por extraño que pareciera, él también estaba gritando algo, pero Raúl, que cargaba un montón de caramelos metidos en un cubo que decía "¡Laz es tu tipo!", le hizo bajar la voz.

Laz le lanzó una mirada despectiva a Raúl y se encaminó hacia las chicas. Celia oyó a Mari respirar hondo.

—Ay, madre. ¿Me veo bien? —preguntó.

Celia se quedó sin habla; solo pudo asentir. Mari, como siempre, estaba bellísima.

—¿Qué tal te fue con las visitas? —dijo Laz con las manos en los bolsillos.

Laz llevaba corbata, pero la camisa de manga larga no estaba dentro de los pantalones. Era un estilo elegante pero informal. La corbata era probablemente un esfuerzo por parecer más serio, algo imprescindible si quería desmentir el argumento más importante de Mari en su contra.

—Oh, genial. Supergenial.

"¿Supergenial? —pensó Celia—. ¿De verdad crees, Laz, que Mari y sus supergeniales escribieron un discurso como el del lunes? El verdadero genio está delante de tus narices. Y ni siquiera me saludaste".

Raúl se acercó a trompicones, y el crujido de las envolturas de los caramelos resonaron en el pasillo. Celia vio que el cubo estaba prácticamente lleno.

—¿No han estado repartiendo los caramelos? —preguntó.

—No, no hemos podido —respondió Laz—. Empezamos a repartirlos, pero la Srta. Perdomo nos dijo que dar caramelos era soborno y nos lo prohibió. Por cierto, qué gran idea la tuya, Raúl.

—¡Ajá! ¿Así que ahora sí es mi idea?

Celia se dio cuenta de que podía empezar una discusión seria, pero lo dejaron así, guardando un incómodo silencio.

—Oigan —dijo Celia por fin—, ¿por qué no pusieron "Laz es tu premio" en vez de "Laz es tu tipo"? Es más que lógico. Sin ánimo de ofender.

—Celia, por favor, no seas maleducada —dijo Mari. Celia no podía creer lo que oía.

—¿Es que no estás acostumbrada a estas alturas? —dijo Laz—. Celia siempre habla así.

Los dos estallaron en carcajadas, dándose empujoncitos y comportándose como tontos. A Celia le entraron ganas de agarrar el cubo de caramelos y vaciarlo sobre Mari y Laz.

—La verdad es que yo sí lo había pensado —dijo Raúl, haciendo que todos se callaran de repente. Parecía estar contento de tener a Celia de su parte, aunque solo fuera por un momento—. Aquí el Sr. Estupendo piensa que los lemas no sirven para nada, pero se equivoca.

Laz dejó de sonreír y le lanzó a Raúl una mirada asesina. Celia se dio cuenta y reprimió una carcajada.

—Tenemos que irnos —dijo Laz.

—Tú eres el que quería venir a hablar con el enemigo —dijo Rául encogiéndose de hombros—. Yo solo soy tu pobre asesor de campaña.

—¡Raúl, ya está bien! Vámonos de una vez —dijo Laz, caminando deprisa hacia su salón.

—Tú mandas —dijo Raúl—. Adiós, Mari. Hasta luego, Celia. ¿Nos vemos después?

—Pero qué raros estaban —dijo Mari cuando los perdieron de vista.

—Gracias por llamarme maleducada. Me hace sentir genial —dijo Celia.

—Celia, por favor. Solo estaba defendiendo a Laz. Me da un poco de pena, creo. Además, ¿no crees que todo lo que estoy haciendo por ti en la campaña demuestra mi lealtad?

—No estoy segura —bromeó Celia, aunque lo decía medio en serio, sobre todo después haberla visto coqueteando con Laz, quien, hasta hacía bien poco había sido el amor de su vida. Claro que Mari no tenía ni idea—. Veamos cómo te va en la última visita y te lo digo después.

Capítulo nueve

—¿Tarjetas de ayuda? Listo. ¿Cronómetro? Listo.

Celia estaba dando vueltas en su habitación, asegurándose de que tenía todo lo que necesitaba para el ensayo del gran debate que había preparado para Mari esa tarde. El debate real sería a la mañana siguiente, y Celia tenía que admitir que estaba muy nerviosa por la actuación de Mari. El último rumor en la escuela era que Laz había perdido algunos votos después de sus visitas a los salones. Celia había oído a Yvette y su grupito riéndose durante el almuerzo porque, durante una visita de Laz, el Sr. Negreti le había hecho algunas preguntas muy sencillas sobre las principales razones por las que quería ser representante y Laz había resultado ser poco convincente.

—Que sea popular no significa que deba ganar —dijo Yvette, y su séquito asintió.

La opinión de Yvette era una buena señal para la campaña Mari, pero ese día las visitas de Mari habían salido peor que las del miércoles. Seguía olvidando los puntos principales de la campaña o recitando de repente los parlamentos de la obra de teatro.

Durante el almuerzo, Mari dijo que la Sra. Wanza le había gritado por cometer el mismo error en los ensayos. En medio de un duelo de espadas, Mari retó a un personaje a "explorar las amplias posibilidades de recaudación de fondos a nuestro alcance y hacer que empresas suministradoras compitieran por las oportunidades de negocios de nuestra escuela". Igual que la Sra. Wanza, Celia tenía que atenerse a los hechos. Mari estaba agotada. Las dos iban a necesitar muchas horas de repaso y memorización para que estuviera preparada para enfrentarse a Laz.

—¿Marcador? Listo. ¿Bolsita de M&Ms? Lista.

La única que faltaba era Mari.

Celia miró la pantalla digital del reloj del escritorio: las 5:24. Mari llevaba media hora de retraso. Las chicas habían planeado ir a casa después de la escuela, confirmar con sus mamás que habían llegado y que todo estaba bien, ducharse, comer algo y reunirse en casa de Celia a las cinco para empezar una larga noche de ensayos para el debate. Justo cuando estaba a punto de llamar a Mari por teléfono, Celia oyó a su hermano Carlos gritar desde la puerta principal.

—¡Celia! ¡Es Mari! ¡Dice que ha venido a hacer un teatro o algo así!

—Cállate, Carlos —dijo Mari.

Unos segundos después Mari apareció en la entrada del cuarto de Celia con el pelo grasiento y unas manchas rojas en su piel normalmente impecable. Hasta tenía tinta en una de las mejillas. Pero lo peor de todo era que Mari todavía vestía la ropa que había llevado a la escuela ese día: una linda camiseta tipo vestido que estaba totalmente arrugada.

Celia se sentó en su escritorio y fingió estar pasando hojas frenéticamente y no darse cuenta de la desastrosa apariencia de su amiga.

—Perdón por la pregunta, pero no te has duchado, ¿verdad? —dijo tapándose la nariz—. Ahora no voy a tener más remedio que olerte durante el resto de la noche. Muchísimas gracias.

—Celia, es que...

—Lo sé, lo sé. Estoy siendo una maleducada otra vez. Perdona. —Se destapó la nariz y sonrió, pero Mari no se inmutó—. Pensé que íbamos a estar preparadas para trabajar durante toda la noche, pero mientras te duches mañana antes de ir a la escuela, no hay problema. Tienes que lucir fresca y despierta frente a Laz... y todo el mundo.

Mari ni siquiera había entrado en la habitación. Se había quedado en el pasillo, apoyada en el marco de la puerta. Al oír el nombre de Laz, desvió la mirada al techo. Después miró a Celia fijamente.

—Tengo que hablar contigo —dijo por fin.

—¿Qué pasa? —preguntó Celia—. ¿Te asustó Puchi de camino hacia casa?

—No vine caminando. Me trajo mamá, que aún está abajo, esperándome. Está hablando afuera con tu mamá.

Celia no quería oír la respuesta a su siguiente pregunta, pero no tenía más remedio que hacerla.

—¿Por qué está esperándote tu mamá? ¿Es que no sabe que tenemos trabajo para toda la noche?

Mari entró por fin en la habitación y se sentó en la alfombra morada. Celia se acordó del día en que le había pedido a Mari que formara parte del plan. Estaban tan cerca de ganar, de llegar a la meta...

—¿Recuerdas que el miércoles me prometiste que no permitirías que perdiera mi papel en la obra?

Celia empezó a sentirse mejor. Se trataba de la obra, así que todo iba bien. Lo que de verdad le preocupaba era el debate.

—Pues claro que me acuerdo —dijo Celia—. No tenía ni idea de cómo, pero te prometí que lo haría.

—¿Y lo decías sinceramente? —preguntó Mari. Su cara mostraba un gran cansancio. Parecía estar sufriendo demasiado para estar actuando. Celia sabía que esto era real.

—Por supuesto. Sé que la obra es tan importante para ti como las elecciones lo son para mí.

—Su voz se quebró, ya no estaba tan segura de poder soportar que todo el mundo le diera a Mari el crédito por su duro trabajo. No sería una representante; al menos en la forma que lo había deseado. Pero ya era demasiado tarde para cambiar las cosas—. Mari, por favor, dime qué pasa. Si has pensado en una forma de no perder el papel, quiero que me lo cuentes.

Mari respiró hondo y se arrodilló sobre la alfombra. Se pasó el pelo por detrás de las orejas. Cerró los ojos y asintió en silencio. Cuando abrió los ojos de nuevo, estaban llenos de lágrimas.

—No puedo participar en el debate mañana. Tengo que pasar el resto de la tarde estudiando mi papel. Mamá me va a ayudar.

Celia trató de mantener la calma, pero era difícil controlar el pánico que la invadía.

—¡Pero tienes que ir al debate! ¡No es una opción para los candidatos! Si no participas, te van a desca...

—Voy a retirarme de la compaña. Es la única forma de que la Sra. Wanza me deje seguir siendo la protagonista. Mamá ya ha llamado a la escuela y le ha dejado un mensaje a la Sra. Wanza explicando mi decisión.

Celia se dio cuenta de que había estado aguantando la respiración. Intentó respirar, pero no encontraba aire. Trató de pensar en cosas relajantes, pero lo único que pudo hacer fue quedarse de pie delante del escritorio como una estatua.

—Fue una decisión muy difícil de tomar —siguió diciendo Mari—. Sé lo mucho que significa para ti ser representante, y por eso acepté. Pero mamá dice que si de verdad somos buenas amigas, nos tenemos que ayudar la una a la otra. Y además, ya sabes lo importante que es el teatro para mí.

Celia estaba tan mareada que apenas podía oír lo que Mari decía. Sintió que sus pensamientos salían de su boca como una cascada de emociones.

—¡Pero ya estamos tan cerca de ganar! ¡Hemos trabajado tanto! No podemos dejar que gane Laz. ¿Por qué no me dijiste esto antes? ¿Qué voy a hacer ahora? Acabas de decirme que sabes lo mucho que esto significa para mí. ¡Tienes que hacerlo!

Mari empezó a tirar de las puntas de su pelo. Era obvio que intentaba mantener la calma, con la esperanza de que Celia no perdiera los estribos más de la cuenta.

—Sé que vas a estar enojada conmigo por algún tiempo —dijo Mari—, pero no tengo más remedio que arriesgarme y esperar que me entiendas algún día. Al menos, eso es lo que dice mamá.

La mamá de Mari. La misma que estaba hablando con la suya afuera en ese momento. Celia intentó calmarse y encontró por fin las palabras que quería decir.

—Entonces... ¿se lo has contado todo a tu mamá?

—Más o menos —dijo Mari mirando hacia la ventana—. Me sentía mal por ocultarle lo que estaba ocurriendo. Nos llevamos tan bien como tú y tu mamá, ¿sabes? Tú y mi mamá son mis mejores amigas.

Celia se sintió de repente la peor persona del mundo. Se sintió fatal por obligar a Mari a ocultarle a su mamá algo tan importante. Además, ella se había sentido culpable también por no contárselo a su mamá, sobre todo desde que empezó a sospechar que pasaba algo. Pero había planeado decirle toda la verdad más adelante, aunque no sabía cuándo ni cómo.

—Siento decepcionarte —dijo Mari después de un largo silencio—. Pero me hiciste una promesa y no sé de qué otra forma puedes cumplirla. Si eres capaz de ver más allá del odio que sientes por mí ahora mismo y de pensar en ello a fondo, estoy segura de que estarás de acuerdo conmigo.

Pero Celia no podía pensar en otra cosa que el futuro inmediato.

—¡Es solo un día más! Mari, por favor, no me hagas esto.

—De todas formas habría sido un desastre. No puedes quedarte de pie detrás de mí cuando esté en el podio y darme las respuestas, como hiciste en las visitas a los salones, ¿verdad? —dijo Mari, poniéndose de pie—. ¿Y qué pasaría si gano? ¿Cómo voy a mantener esta farsa durante un año cuando no puedo hacerlo ni durante una semana?

Celia no sabía qué decir. Le había estado dando vueltas en la cabeza a lo mismo y había decidido concentrarse solo en las elecciones. Se había dicho a sí misma algo que le había oído decir a la Srta. Perdomo un millón de veces: "Ya cruzaremos ese puente cuando lleguemos a él". Pero no sabía cómo su amiga iba a ser capaz de hacerlo todo al mismo tiempo. Sabía que la gente empezaría a sospechar algo si Mari la seguía eligiendo como coordinadora de proyectos. No podía prometerle a Mari que todo mejoraría después de las elecciones.

—Además —prosiguió Mari—, ya está hecho. Mi mamá ya dejó el mensaje.

Celia se imaginó a Yvette y a su grupito chismeando sobre el tema durante el almuerzo, susurrando el nombre de Mari y difundiendo rumores. Se iban a poner como locas cuando estallara la noticia. Celia tenía que hacer algo. Se levantó de la silla y empezó a agitar los brazos.

—¿Es que no te importa lo que la gente va a decir? ¿No te preocupa lo que la gente va a pensar de ti?

—¿A quién le importa? —dijo Mari—. No tengo control sobre lo que piensan los demás. Ahora mismo, lo único que me importa es lo que yo pienso. Y, por primera vez en mucho tiempo, siento que he tomado la decisión adecuada.

Se dirigió hacia la puerta. Antes de salir de la habitación, se volteó y miró a Celia. Su rostro lucía firme, pero sus ojos parecían cansados y decepcionados.

—De todas formas, tú eres la verdadera candidata —añadió antes de cerrar la puerta y desaparecer por el pasillo.

Unos segundos después, Celia oyó que se cerraba la puerta principal. Luego oyó que el auto de la mamá de Mari se alejaba. Se sentó de nuevo en su escritorio, tratando de pensar en lo que debía hacer y esperando a que su mamá llamara a la puerta de su cuarto. El sermón era inevitable.

Cuando se puso el sol y se dio cuenta de que llevaba bastante tiempo esperando en la oscuridad, Celia se dio cuenta de que su mamá no iba a ir a su habitación. Quizá la mamá de Mari se lo había contado todo y ahora estaba demasiado enojada. O peor aun, quizá estaba herida y decepcionada.

Pensó en llamar a Mari y pedirle (incluso rogarle) que cambiara de opinión, pero no fue capaz. Le había prometido a Mari que no perdería el papel principal, y había llegado a la conclusión de que Mari tenía razón: esta era la única forma de cumplir su promesa. El debate del viernes pasó a un segundo plano frente al nuevo dilema que Celia tenía en frente: qué hacer el día siguiente por la mañana.

Capítulo diez

Celia oyó perfectamente la voz de su mamá a pesar de las capas y capas de sábanas y mantas con las que se había cubierto para bloquear el sol demasiado brillante de ese viernes por la mañana.

—Hora de levantarse. Tenemos que llegar temprano a la escuela si quieres tener tiempo de contarle todo lo que ha pasado a la Srta. Perdomo.

Celia se levantó en un santiamén, completamente despierta de repente, con el corazón latiendo a mil por hora y los rizos alborotados en la cabeza. Su mamá estaba en frente de la cama con las manos en la cintura.

—Así que ya lo sabes todo —dijo Celia.

—Ay, Celia. Las mamás siempre sabemos estas cosas. Lo que no puedo creer es que no me lo hayas contado tú. ¿Es que no confías en mí?

—No es eso, mamá —dijo entrecerrando los ojos por la luz brillante y empujando las sábanas con los pies—. Sabía que me regañarías por haber hecho algo tan estúpido; que me dirías que tenía que confiar en mí misma y en mis posibilidades de ganar las elecciones... y todas esas cosas que se supone que debes decir.

—Si sabías que te iba a decir eso, ¿no deberías haber adivinado que era una idea malísima?

Su mamá no sonaba ni parecía enojada; le estaba haciendo una pregunta sincera.

—Solo esperaba que todo saliera bien.

Su mamá se sentó en el borde de la cama y alisó las sábanas con la palma de la mano. Tenía el mismo pelo rizado que Celia, pero menos rebelde. Celia esperaba que a ella le pasara lo mismo cuando fuera mayor.

—A veces pienso que eres demasiado lista para tu propio bien, mi cielo —dijo besándola en la frente—. Y la verdad es que vas a necesitar esa inteligencia para salir de este lío. —Le acarició los rizos, tratando de colocarlos en su sitio, como había hecho con las sábanas—. Anoche pensé que necesitabas tiempo para pensar, así que te dejé sola. Además, no es que hayas buscado mi consejo últimamente. Pero ahora quiero saber qué piensas hacer.

Celia se encogió de hombros y se dejó caer en las almohadas. No tenía ni idea de lo que iba a hacer. Había pasado toda la noche mirando al techo y contando los minutos en el reloj de la mesita. Le hubiera gustado que todo fuera tan simple como un experimento científico, con sus métodos, procedimientos y sistemas para anotar los resultados. Pero los problemas habían empezado justamente cuando decidió tratar a las elecciones como a un experimento. Celia no había contado con tantas variables (que Laz fuera el otro candidato, que le pidiera que fuera su coordinadora de campaña, que a Mari le dieran el papel protagónico en la obra, el lío entre los sentimientos de ella y Mari por Laz) y el experimento había salido mal casi desde el principio. No podía encontrarle la solución a un problema tan complicado.

Lo único que la hacía sentirse mejor era algo que su maestro de Ciencias había dicho el año anterior, cuando ella no podía interpretar los resultados del experimento que la llevaría a ganar el primer premio: "La mejor solución suele ser siempre la más sencilla". Pero Celia se había quedado dormida sin poder encontrarla.

—Supongo que lo primero que tengo que hacer es hablar con la Srta. Perdomo —dijo finalmente—. Decirle toda la verdad y luego pedirle disculpas a Mari.

—Yo diría que sí —dijo su mamá.

Celia miró al escritorio. Allí había escrito el discurso de Mari, el que había salido tan bien y por el que ella había recibido tantos cumplidos. Puede que Mari fuera la que se llevara las felicitaciones, pero Celia sabía que era su discurso. "La mejor solución suele ser siempre la más sencilla", se dijo otra vez, y luego oyó la voz de Mari: "De todas formas, tú eres la verdadera candidata".

—¿Crees que debería pedirle a la Srta. Perdomo que me deje hacer el debate en lugar de Mari y reemplazarla como candidata? —preguntó Celia.

Esa era una solución sencilla, pero ¿lo permitiría la Srta. Perdomo?

—¿Es eso lo que crees que debes hacer? —preguntó su mamá.

—No lo sé. Quizá —dijo Celia—. Puede que la Srta. Perdomo no quiera. Pero sé que debo pedirle perdón a Mari. Eso sí es lo correcto.

Su mamá asintió, y Celia empezó a sentirse un poco mejor. Se había preocupado demasiado por la opinión de los demás y ahora entendía que debía pensar más en la opinión de la gente que la quería. Mari, la Srta. Perdomo, incluso Laz... quería que ellos la respetaran.

—Siento no haberte contado la gran patraña en la que convertí las elecciones —dijo Celia.

—Te vas a arrepentir aun más cuando veas la hora que es. Vamos, levántate y vístete mientras te preparo un café con leche; a ver si se te despierta el cerebro antes de que te lleve a la escuela porque, cuando te deje allí, todo depende de ti. Pero quiero que sepas que voy a estar pensando en ti todo el día. —Su mamá se levantó de la cama—. Si quieres te puedo arreglar un poco el pelo, tenemos unos segundos para eso.

—Buena idea —dijo Celia—. Pero solo porque necesito que me presten atención los posibles votantes.

—¡Entonces tienes que levantarte ahora mismo! —dijo su mamá, que ya estaba en el pasillo—. ¡No vuelvas a quedarte dormida!

Celia se levantó de un salto, abrió la puerta del ropero y comenzó a buscar un atuendo que dijera, bien claro: "Representante de Séptimo".

Todo cambió cuando Celia llegó a la puerta de la oficina principal. Tenía la boca seca y el café con leche le daba vueltas en el estómago. No había nadie en los pasillos excepto el conserje, que barría al lado de los casilleros. Esperó a ver si se daba cuenta de que ella estaba allí y la saludaba, pero él tenía audífonos puestos y no le prestó atención.

Celia había tratado de mantener la calma de camino a la escuela, pero el miedo había comenzado a apoderarse de ella en el momento en que su mamá detuvo el auto y quitó el seguro de la puerta para que pudiera salir.

—No sé si puedo —dijo tartamudeando y sin soltar la puerta.

—Celia, sé que puedes —dijo su mamá, apretándole la mano y besándola—. Y siento decirte que no tienes más remedio.

A Celia le gustaba que su mamá fuera así de directa. Era una de las cualidades que también admiraba en la Srta. Perdomo. Cuando la gente le explicaba las cosas con un buen argumento, ella sabía interpretar los hechos. Lo difícil era resolver una ecuación llena de emociones.

Pero ahora que estaba sola y se iba a enfrentar a lo que tenía que hacer, los hechos eran aterradores. No importaba que el pelo estuviera arreglado ni que llevara sus pantalones favoritos con una camiseta de cuello en V con la que siempre recibía cumplidos. Estaba a punto de confesar una gran mentira, y era la primera vez que se metía en un lío en la escuela.

Por un momento consideró poner una excusa (Mari está enferma o Mari se ha arrepentido), pero sabía que eso solo causaría más problemas a la larga. Mari iba a estar en la escuela porque tenía el ensayo general de la obra, y su mentira se descubriría de inmediato. También estaba el mensaje en el buzón de la Sra. Wanza y que la Srta. Perdomo acabaría oyendo tarde o temprano. Además, sabía que, si quería salvar su amistad con Mari, tenía que admitir que ella era la culpable de lo que había pasado, al menos para probarle a Mari lo mucho que su amistad significaba para ella.

A Celia le aterrorizaba tener que explicarle todo a la Srta. Perdomo y que al final no la dejara sustituir a Mari. Y aunque la dejara, a Celia no le sorprendería dejar de ser una de sus estudiantes preferidas. ¿Estaba dispuesta a perder algo tan importante?

También le preocupaban sus antiguos miedos, los que le habían impedido presentarse a candidata desde el principio: ¿Cómo iban a reaccionar los demás alumnos cuando vieran a Celia la sabelotodo en vez de a Mari, la bonita y popular actriz? ¿Y que pasaría si su antiguo amor por Laz le impedía enfrentarse a él en el debate? Estaba segura de que ya no le gustaba, pero no sabía si la cosa cambiaría cuando lo viera en el escenario.

Oyó un ruido al final del pasillo, donde estaba el conserje, pero cuando miró ya no había nadie. Respiró hondo y se protegió los ojos de la luz fluorescente del techo. Repitió varias veces las palabras de Mari para mantener la calma:

"No tengo control sobre lo que piensan los demás. Ahora mismo, lo único que me importa es lo que yo pienso".

Se quitó la mano de la cara y de repente sintió que el estómago dejó de darle vueltas; al menos ya no tenía ganas de vomitar. Detrás de la puerta se oía un teléfono sonar, el teclado de una computadora y el ruido de una impresora.

Celia despejó la última duda que le quedaba y abrió la puerta de la oficina principal, pensando que aunque la Srta. Perdomo no aceptara su propuesta, ella estaba haciendo lo correcto.

Capítulo once

El ruido de todos los alumnos de séptimo hablando a la vez era ensordecedor. Celia estaba tras la cortina derecha y se negaba a mirar al público, que era cada vez más numeroso. Trató de concentrarse en su respiración para tranquilizarse, pero la cabeza le daba vueltas.

Esa mañana le había confesado todo a la Srta. Perdomo. Empezó hablándole de los grupitos de la escuela, de cómo la avergonzaba que la identificaran como una sabelotodo y de cómo Laz le había gustado y dejado de gustar. Le explicó lo mucho que la había afectado que la gente felicitara a Mari por el discurso que ella había escrito, aunque sabía que todo era por su culpa. Celia se

137

decía que le estaba dando demasiados detalles, pero ¿quién mejor que una consejera titulada para oírla? Habló durante diez minutos y solo paró cuando la Srta. Perdomo la interrumpió con la mano.

—Estoy muy orgullosa de que hayas aprendido una lección —dijo la Srta. Perdomo. Hoy solo llevaba una insignia, que decía "¡Democracia!"—. Te dejo que sustituyas a Mariela, pero solo con la condición de que, antes de que empiece el debate, les cuentes la verdad a tus compañeros de clase.

Celia se quedó atónita. No podía imaginar contarles lo mismo a todos los alumnos de séptimo.

—No tienes que confesarlo todo —dijo la Srta. Perdomo, como si le hubiera leído el pensamiento—. Pero tienes que ser sincera. Sé que eres capaz: eres una experta en comunicación, que es parte de la razón por la que sé que puedes ser una gran representante.

Celia asintió, aceptando en silencio la condición que le había puesto la consejera. Después del cumplido de la Srta. Perdomo se sintió un poco mejor, e incluso empezaba a relajarse. Pero la Srta. Perdomo tenía algo más que decir.

—Una cosa más. Eres una de las mejores alumnas de esta escuela, y apruebo tu candidatura porque es la primera vez que te metes en un lío. Pero, de ahora en adelante, ya no puedes decir que tienes un historial limpio.

Era la cosa más seria que la Srta. Perdomo le había dicho, y se sintió fatal por haberla decepcionado, aunque sabía que todo podía haber acabado mucho peor. Por fin, la Srta. Perdomo sonrió.

—¿Estás lista para el debate? —preguntó.

Celia asintió y sonrió nerviosa.

Y allí estaba ahora, esperando que la presentaran como candidata a representante de séptimo. Seguramente en el mismo sitio en el que estaría Mari esa tarde en el ensayo general. Por alguna razón, eso la hizo sentirse mejor.

Lo que no la tranquilizaba era saber que Laz estaba esperando al otro lado del escenario sin tener ni idea de que ella era su oponente. A la Srta. Perdomo le pareció injusto darle la sorpresa una hora antes del debate porque lo confundiría y lo haría dudar de lo que tenía preparado. Celia pensó que sería aun peor para Laz verla en el escenario en el último momento, pero no estaba en posición de discutir con la Srta. Pedomo. Además, ella era la que tenía el título de consejera.

Tras la presentación a cargo del director, que se limitó a decir que se tenían que quedar en sus sitios y que estaba prohibido abuchear y gritar, la Srta. Perdomo tomó el micrófono y explicó cómo iba a funcionar el sistema de votaciones.

—La votación comienza en el primer período de almuerzo y se cierra al final del día. Todos los alumnos de séptimo podrán votar por uno de los candidatos mediante un voto secreto. Este debate es su última oportunidad para hacer preguntas, así que aprovechen al máximo este proceso democrático. —Se alejó del micrófono para aclararse la garganta—. Y sin más dilación, les presento al primer candidato, Lázaro Crespi.

Laz salió del otro lado del escenario con los brazos en alto. Celia abrió una rendija en la cortina para ver cómo se acomodaba detrás del estrado. Todos los chicos aplaudían y lo animaban, formando un griterío de silbidos y aplausos que le dio a Celia directamente en el corazón. Si no hubiera estado tan concentrada en respirar por la nariz, habría vomitado.

—Gracias, gracias, ya es suficiente —dijo la Srta. Perdomo para calmar al público. Algunos siguieron aplaudiendo y silbando, pero poco a poco se hizo silencio.

—Nuestra siguiente candidata no es la que ustedes esperan, pero les puedo asegurar que ha formado parte de estas elecciones desde el principio. Ella quiere decirles unas palabras antes de que el debate comience oficialmente.

El público empezó a murmurar y se oyeron voces diciendo: "¿Qué?" y "¿Quién?". Celia sintió que las voces empezaban a roerle los huesos, pero entonces oyó que alguien los mandaba a callar desde la primera fila. Sin mirar, sabía que era Mari, proyectando la voz desde el diafragma, como le había enseñado la Sra. Wanza. Los murmullos cesaron y la Srta. Perdomo siguió con su presentación, pero Celia no oyó nada. Mari también había logrado calmarla y ahora por fin estaba en plan de presentación. La mente se le empezó a llenar de hechos, ideas, promesas de campaña, lemas... todo desfilando en su cabeza muy organizadamente. A pesar de los nervios y el miedo, sabía que solo tenía que salir al escenario y empezar a hablar. Estaba más que preparada.

—Les presento a la candidata Celia Martínez —dijo entonces la Srta. Perdomo.

Celia se quedó atónita cuando salió al escenario. Tras una breve pausa, los alumnos empezaron a aplaudir y a animarla. Al igual que cuando salió Laz. Siguieron gritando y aplaudiendo mientras se acercaba al estrado, y Celia sintió confianza en sí misma al instante. Había temido lo peor, y estaba encantada de ver que a la mayoría de los estudiantes les daba igual que no fuera Mari. Lo único que tenía que hacer ahora era decir la verdad, explicar su propuesta y ganar las elecciones.

Laz, sin embargo, de repente se dio cuenta de que se enfrentaba a un oponente distinto. Estaba al otro lado del escenario con la boca abierta y los ojos llenos de confusión. Celia lo miró y vio algo más por el rabillo del ojo: Raúl estaba en la primera fila agitando las manos frenéticamente, tratando de llamar la atención de Laz, pero este no podía apartar la mirada de Celia. Ella se enderezó, le sonrió de oreja a oreja y se encogió de hombros, esperando que sirviera como disculpa.

Laz pareció recordar de repente que estaba en el escenario, porque cerró la boca, negó con la cabeza y se encogió de hombros también. Luego dijo: "Buena suerte".

Celia se acercó al micrófono y empezó a hablar.

—Queridos compañeros de séptimo. Sé que hoy esperaban ver aquí a Mariela Cruz, pero la verdad es que...

Buscó a Mari entre el público y la encontró en la segunda fila. Mari se levantó y la saludó con la mano, y luego silbó con los dedos, sosteniendo con el brazo el guión de la obra.

—¡Adelante, Celia! —añadió.

Celia sonrió a su amiga y sintió que todo iba a salir bien.

—La verdad es que obligué a Mari a presentarse por mí porque no pensé que yo podría ganar. Los discursos, las ideas de la campaña... todo fue cosa mía. Pero le pedí a Mari que fingiera que era la que lo había hecho todo. Pensé que ella tendría más posibilidades de ganar las elecciones porque es muy popular. Me obsesioné con los grupitos y con quién le cae bien a todo el mundo y cosas que en realidad no importan durante unas elecciones. Cometí un error. Ahora me doy cuenta de que no soy yo la que debe decidir si puedo ganar o no.

Ustedes son los que deciden. Así que aquí estoy. Por favor, les pido que me perdonen, y les doy las gracias por darme la oportunidad de probar que soy la persona indicada para el cargo.

—¡Celia es la mejor! —gritó Mari desde la segunda fila.

Cuando otros alumnos vieron que Mari apoyaba a Celia, empezaron a aplaudir, sintiendo más curiosidad que enfado por el cambio de candidatura. Raúl había dejado de agitar las manos y estaba sentado al filo de su butaca, prestando atención a cada palabra que Celia decía con cara de sorpresa, pero con la mirada atenta. Yvette, desde la quinta fila, ni siquiera se acercó a sus compañeras para chismorrear.

—Gracias, Srta. Martínez —dijo la Srta. Perdomo, volviendo a hacer callar al público.

La Srta. Perdomo, desde su lugar en el escenario, empezó a explicar que era la moderadora del debate y que los alumnos tenían que formular sus preguntas. Celia miró a sus compañeros de séptimo. Vio a Yvette y su séquito, todas mirándola atentamente. Vio a Luz Rojas, con las piernas encima de la butaca delante de ella. Vio a Sami, la sustituta de Mari, cerca del fondo del auditorio, con cara de pocos amigos. Puede que no consiguiera su voto ahora que Mari podía protagonizar la obra de teatro. Pero no tenía control sobre lo que Sami, ni nadie, pensara.

Mari soltó otro silbido atronador y Celia la saludó con la mano. Aunque no había tenido ocasión de pedirle perdón por todo lo que la había hecho pasar, sabía que seguían siendo amigas. Mari parecía estar orgullosa de ella, y Celia sabía que pronto se cambiarían los papeles: ella estaría sentada entre el público, aplaudiendo a su amiga por su magnífica actuación. Quería verla en el escenario haciendo lo que sabía hacer, y también quería pedirle perdón, aunque por los silbidos que soltaba parecía que ya la había perdonado.

Los ojos de la Srta. Perdomo brillaron cuando miró a los candidatos antes de dejar el micrófono.

—Y sin más preámbulos —dijo—, ¡que empiece el debate!

Capítulo doce

El olor a mango de la oficina de la Srta. Perdomo le dio náuseas a Celia. No porque oliera más intensamente que antes sino porque la Srta. Perdomo la había llamado inesperadamente (su maestra de salón la esperaba con un pase especial cuando llegó a la escuela esa mañana). Era el día en que se anunciaban los resultados de la votación.

Al entrar en la pequeña oficina, Celia notó que la Srta. Perdomo no llevaba ninguna insignia, y eso la puso aun más nerviosa. Le preocupó que la Srta. Perdomo hubiera cambiado de opinión y que estuviera enojadísima con ella por haber mentido, y que hubiera decidido expulsarla de la escuela para siempre. No tendría más remedio que vagar por la calle (su mamá la echaría de casa, por supuesto, si dejaba los estudios) y hacer experimentos de ciencias en la acera para pedir dinero a los peatones.

Celia estaba preguntándose dónde encontraría cajas de cartón para construir un techo en el que dormir cuando oyó la voz de la Srta. Perdomo.

—Solo estamos esperando a que llegue Lázaro.

¿También iban a expulsar a Lázaro? Eso no tenía ningún sentido. Si Laz estaba en camino, eso significaba que la Srta. Perdomo no la iba a regañar. ¡Tenía que tratarse de los resultados! Celia decidió tranquilizarse; al menos hasta que supiera qué pasaba.

Laz entró en la oficina unos segundos después, con una sonrisa de oreja a oreja que se desvaneció cuando vio a Celia.

—Hola, Celia —dijo—. Srta. Perdomo, ¿quería verme?

—Quería verlos a los dos —dijo la Srta. Perdomo—. Por favor, siéntense.

Celia no había visto a Laz desde el debate del viernes. Lo había estado buscando durante el almuerzo para explicárselo todo en persona, pero no los había visto ni a él ni a Raúl en la cafetería.

Había visto a Mari porque había ido al ensayo general de la obra de teatro. Sentada en la última fila del auditorio, disfrutó ver a su amiga hacer una representación fabulosa. Casi sintió pena por Sami, que estaba sentada en la primera fila, cruzada de brazos, siguiendo con los labios todos los diálogos de Mari hasta que la Sra. Wanza se dio cuenta y la mandó a callar porque estaba distrayendo al resto de los actores. Celia se sintió tan orgullosa de Mari que creía que iba a estallar de la alegría.

También había visto a Mari el fin de semana, cuando fue a su casa a disculparse en persona. Mari ni siquiera la dejó abrir la boca.

—Te vi en la última fila —le dijo abrazándola—. Menos mal que estabas allí... ¡estaba tan nerviosa!

—Estuviste genial —dijo Celia—. Me creí a pies juntillas que eras esa dama, Roxane.

—Qué va. ¿Sabes quién estuvo genial? ¡Tú en el debate! Seguro que has ganado.

—No, no —exclamó Celia ruborizándose.

—¡En serio! Le demostraste a todo el mundo que eras la candidata por la que tenían que votar.

En el debate, Laz había estado poco preparado y muy nervioso. Celia, sin embargo, expuso con claridad sus ideas y opiniones y hasta se las arregló para hacer algunas bromas. Fue capaz de dar una respuesta concisa a cada pregunta y de hacerlo a tiempo, mientras que a Laz lo interrumpía el timbre que marcaba los dos minutos cada vez que hablaba. Celia quedó con una buena impresión de su actuación, pero eso no significaba que hubiera ganado las elecciones. Después de todo, seguía siendo un concurso de popularidad. Laz convirtió el timbre de los dos minutos en una broma para salir del apuro y le funcionó. Aún le caía bien a todo el mundo, y a la hora de votar, seguro que mucha gente pensaría en Laz Crespi.

Tras más abrazos, disculpas y promesas, Celia y Mari pasaron la tarde juntas, viendo algunos episodios de *El encantador de perros* y riéndose porque sabían que ninguno de los consejos funcionaría jamás con Puchi. Incluso habían hablado de Laz: Mari le confesó a Celia que le gustaba un poquito, pero menos desde que lo vio en el debate.

—No es exactamente una lumbrera —dijo—, pero sigue siendo bastante guapo.

Pasaron el día riéndose, aunque Celia no hizo más que desear que fuera lunes por la mañana para conocer los resultados de las elecciones.

Laz y Celia se sentaron y la Srta. Perdomo carraspeó.

—Los he llamado a los dos porque quiero ser la primera que les dé la noticia, en caso de que alguno suelte unas lágrimas.

Laz soltó una carcajada, pero la Srta. Perdomo lo hizo callar con la mirada. Celia estaba segura de que había perdido las elecciones. Ese tipo de comentario por parte de la Srta. Perdomo estaba claramente dirigido a ella, no a Laz. Intentó pensar en lo bien que lo había pasado con Mari el fin de semana, recordando que su amistad era más sólida por haber superado la locura de las elecciones.

Al menos, gracias a la campaña, Laz había dejado de gustarle. Ya no tendría que volver a pensar en él, excepto al escucharlo todas las mañanas durante los anuncios que haría como representante de séptimo. Pero ya se acostumbraría. Además, gracias a la campaña había hablado con muchos más alumnos de Coral Grove, como Raúl. De hecho, gracias a Laz había llegado a conocer a Raúl y a admirar sus tácticas de campaña.

—Como bien saben —dijo la Srta. Perdomo señalándo un sobre abierto—, los votos se contaron durante el fin de semana. Y aquí tengo los resultados.

Celia se sintió aliviada al saber que todo iba a acabar muy pronto. Quizá Laz le pidiera algún consejo. Podía seguir usando sus ideas; no había razón para pensar que este era el fin de su carrera política o que dejaría de participar en el gobierno de los alumnos. Además, siempre tendría las Ciencias como consuelo, que no era poco. Quizá ahora que la campaña había llegado a su fin se sentiría más a gusto que nunca en su piel de sabelotodo, como Mari se sentía en la de actriz.

Justo cuando había encontrado suficientes razones para alegrarse de haber perdido y evitar el llanto delante de Laz, la Srta. Perdomo la miró y dijo:

—Felicidades, Celia.

Pensó que tenía algodones en las orejas y no había oído bien porque Laz saltó de la silla y gritó:

—¡Bien!

Pero entonces se quedó petrificado y miró a la Srta. Perdomo, que estaba tan atónita como él.

—¿Quiso decir Lázaro, no? —dijo Celia, creyendo, como Laz, que era él quien había ganado.

La Srta. Perdomo negó con la cabeza.

Laz volvió a sentarse en la silla. Estaba claramente sorprendido, pero intentaba fingir que no le importaba.

—Ha sido por poco margen —dijo La Srta. Perdomo—, pero tú eres la ganadora, Celia. Tus compañeros te han elegido como la representante oficial del séptimo grado —añadió muy seria. Celia sabía que la Srta. Perdomo no quería sonreír para no herir los sentimientos de Laz—. Como ya dije, ha sido por poco margen. Lázaro, quiero felicitarte por una campaña muy entretenida e interesante.

Celia no podía creer lo que estaba oyendo. Por primera vez en la reciente historia de la escuela intermedia Coral Grove, una verdadera sabelotodo había ganado un concurso de popularidad. ¡Y ella era esa sabelotodo! ¡Así que sí era posible! No podía creer que hubiera dudado tanto de sus compañeros (y de ella misma).

—Celia, ¿por qué lloras? —preguntó Lázaro.

Se llevó la mano a las mejillas y se dio cuenta de que estaba llorando. Estaba tan sorprendida y contenta que lloraba de felicidad. Se levantó de un salto y abrazó a Laz, que tuvo que agarrarse para no caer de espaldas.

—¡Ay, mamá! ¡Ay, mamá! ¡Ay, mamá! —se oyó decir a sí misma. Se sentía como si se estuviera viendo por televisión—. ¡No lo puedo creer! ¡No puedo creer que me eligieran!

Laz, a pesar de tener cara de haber visto un fantasma, la abrazó. Ahora que Laz le daba la espalda, la Srta. Perdomo sonrió. Pero enseguida hizo un gesto, como si se hubiera enfadado por haber revelado quién había sido su candidata.

—Tengo que entregar los resultados al director para que lo haga oficial —dijo la Srta. Perdomo—. Cuando lo firme, haremos el anuncio para toda la escuela. Solo quería decírselo antes a ustedes. ¡Enseguida regreso!

La Srta. Perdomo salió y Celia vio que se puso a bailar en el pasillo.

—No lo puedo creer—dijo Laz cuando Celia lo liberó de su abrazo de la victoria.

—¡Lo sé! ¡Es un milagro! —exclamó Celia—. ¡Es increíble!

Laz frunció el ceño, pero en vez de enojado, parecía abatido y triste. Celia se dio cuenta de repente de lo que su victoria significaba para él.

—Ay, perdón, lo siento —dijo—. No quería ser... no era mi intención echártelo en cara.

Ella bajó la cabeza y le dio un golpecito suave en el hombro, bromeando. Se sentía mucho mejor a su lado ahora que solo pensaba en él como amigo.

—No te preocupes —dijo él, encogiéndose de hombros—. Supongo que en el momento en que terminó el debate supe que tú serías mucho mejor representante que yo. —Estaba tratando de actuar como si no le importara, pero Celia sabía que en el fondo estaba muy decepcionado—. Y Raúl pensó lo mismo.

La imagen de Raúl agitando las manos desde la primera fila justo antes de que empezara el debate le vino a la mente.

—Sí, lo vi en primera fila tratando de llamar tu atención antes de que empezara el debate. ¿Por qué?

—Ah, eso —dijo Laz.

Celia se dio cuenta de que estaba decidiendo mentalmente si decirle o no la verdad. Laz suspiró y se volvió a sentar en la silla.

—La verdad —dijo, por fin—, es que al principio él quería que yo cancelara el debate porque se suponía que mi rival era Mari, no tú.

—Muy inteligente de su parte —dijo Celia, sentándose también. La había sorprendido la capacidad de respuesta y análisis de Raúl—. Muy inteligente. Y tenías todo el derecho del mundo. ¿Por qué no lo hiciste?

—No lo sé —contestó Laz. Estaba mirando a la silla vacía de la Srta. Perdomo—. No lo pensé hasta después de que me lo dijo, pero aunque podía haberlo cancelado, supongo que me atraía la idea de enfrentarme contigo en el debate. Supongo que me alegraba que fueras tú porque eres la mejor rival. Supongo que quería probarme a mí mismo que podía enfrentarme a ti.

Celia se sentía tan halagada que sabía que se había ruborizado.

—Oye, que no se te vaya a subir a la cabeza. No es que tuviera mucho tiempo para tomar una decisión. Además, Raúl cambió de opinión después de oír tu disculpa.

—Siento que no lo supieras hasta el último momento —dijo—. Se lo conté todo a la Srta. Perdomo por la mañana y no me dio tiempo a...

—No te preocupes, lo entiendo —dijo Laz—. No es que quiera decir nada con esto, pero de alguna forma entiendo por lo que pasaron las dos —se ruborizó, pero se le pasó en seguida—. Yo al principio no estaba muy convencido de presentarme, pero Rául... más o menos... me ayudó, digamos. De hecho, fue idea suya que me presentara.

Celia se quedó de piedra. De repente se dio cuenta de que Rául, a quien solo conocía por ser el amigo de Laz, podría haber tenido la misma idea que ella, pero con diferente resultado. ¡Con razón se sintió más cerca de él desde aquel día en el partido de baloncesto! Y, en ese momento, ideó un plan nuevo. Uno que lo arreglaría todo entre Mariela y Laz (y puede que con Rául). Celia miró a Laz, que seguía contemplando la silla vacía.

—¿Qué tal si tú y Raúl vienen conmigo y Mariela a tomar un helado después de la escuela? Yo invito.

Laz le sonrió por primera vez en el día. Celia se imaginó la misma sonrisa en la cara de Mariela cuando oyera los resultados de las elecciones y sus planes para después de la escuela.

—Sería genial —dijo Laz—. Y sé que a Raúl también le encantará la idea. Cree que eres fabulosa. Y no vayas a decirle que te lo he dicho.

Celia ahogó un grito y sintió que el corazón dejaba de latirle. Volvió a pensar en el día del partido de baloncesto y recordó que él se había ruborizado en la oficina principal antes de los discursos de los candidatos. También se le había quedado mirando desde el filo de su butaca durante el debate. No pudo evitar esbozar una sonrisa.

—¿Quedamos en nuestra palmera? —dijo, y se dio cuenta por fin de que podía hacer reír a Laz sin ser maleducada con él.

Alguien llamó a la puerta. Ambos se dieron la vuelta y vieron entrar a la Srta. Perdomo con el director.

—¿Cómo? ¿No ha habido una carnicería? —dijo la Srta. Perdomo—. Excelente. Vamos a dar los anuncios del día. Laz, si quieres esconderte aquí, es cosa tuya.

—No, gracias, Srta. Perdomo, estoy bien —dijo y miró a Celia—. Quiero estar en mi salón cuando anuncien la buena noticia de que Celia es nuestra nueva representante.

Celia le dio otro golpe en el hombro, sonriendo tanto que le dolieron las mejillas.

—Ya dejó de llorar, de todas formas —bromeó.

Todos se echaron a reír y Laz salió de la oficina, saludando con la mano y guiñándole un ojo a Celia.

—Nos vemos más tarde —le dijo el director a Celia mientras le daba la mano—. Hoy voy a acortar mis proclamas para anunciar la victoria.

—Muchas gracias, señor —dijo Celia.

—De nada, de nada —dijo él con un saludo militar. Luego se dirigió al mostrador principal para recoger sus apuntes.

La Srta. Perdomo chocó caderas con Celia, empujándola un poco.

—¿Está usted lista, Srta. Representante?

Celia la miró y le sonrió, asintiendo enérgicamente.

"Srta. Representante —pensó—. Qué bien suena".